神劍無雙 신권무쌍

강태훈 新武俠 판타지 소설

FANTASTIC ORIENTAL HEROES

신권무쌍 6

강태훈 新무협 판타지 소설

초판 1쇄 찍은 날 § 2010년 7월 26일
초판 1쇄 펴낸 날 § 2010년 7월 30일

지은이 § 강태훈
펴낸이 § 서경석

편집팀장 § 서지현
편집책임 § 주소영
편집 § 박우진

펴낸곳 § 도서출판 청어람
등록번호 § 제1081-1-89호
등록일자 § 1999. 5. 31
어람번호 § 제2-1958호

주소 § 경기도 부천시 원미구 심곡2동 163-2 서경B/D 3F (우) 420-822
전화 § 032-656-4452팩스 § 032-656-4453
http://www.chungeoram.com
E-mail § chungeoram@chungeoram.com

ⓒ 강태훈, 2010

ISBN 978-89-251-2243-4 04810
ISBN 978-89-251-2056-0 (세트)

6 [완결]

신권무쌍

강태훈 新무협 판타지 소설

FANTASTIC ORIENTAL HEROES

도서출판
청
람

目次

第一章
낌새

신권무쌍

파천문의 정문을 부수고 들어간 무호성은 자신의 눈을 의심했다.

자신들을 기다리고 있어야 할 적들의 모습은 하나도 보이지 않았다.

마치 살던 사람들이 야반도주를 해 황량함만 감도는 그런 느낌이었다.

황량함 속에 오직 한 사람이 등을 보인 채 서 있었다.

그가 천천히 몸을 돌렸다.

그 속도가 너무 느려 마치 시간이 천천히 흐르는 것 같은 착각이 들 정도였다.

그의 몸이 반쯤 돌아 옆모습이 보이기 시작했을 때부터 무호성은 숨도 쉬지 못할 정도로 엄청난 충격을 받았다.

비단 무호성뿐만이 아니었다.

파천수호위와 함께 파천문의 담을 넘은 남궁찬 역시 지금의 상황을 믿을 수 없다는 듯 두 눈을 크게 뜬 채 아무런 말도 하지 못했다.

이윽고 그가 몸을 완전히 돌렸을 때, 무호성이 나직이 중얼거렸다.

"말도 안 돼."

휘이이잉!

한 줄기 바람이 주변을 한차례 휩쓸고 지나갔다.

정면으로 무호성을 바라보며 미소를 짓고 있는 사람.

그는 바로 남궁여호였다.

"오랜만이지?"

남궁여호가 밝은 목소리로 무호성에게 말을 건넸다. 하지만 그는 아무런 말도 할 수가 없었다.

"찬아도 있었구나. 정말 보고 싶었다."

남궁찬을 발견한 남궁여호가 반갑다고 말했지만 정작 남궁찬의 얼굴은 딱딱하게 굳어 있었다.

그의 목소리에서는 조금도 반가움이 느껴지지 않았기 때문이다.

얼굴은 웃고 있지만 눈빛이나 목소리에서는 무미건조함이

느껴졌던 것이다.

"어떻게 된 겁니까? 돌아가신 줄 알았습니다."

충격을 추스르며 무호성이 물었다. 하지만 그의 입에서 나온 목소리에도 예전과 같은 친근함은 묻어 있지 않았다.

"그런가? 그래, 죽었었지. 난 죽었었어."

남궁여호가 중얼거렸다. 그리고는 잠시 동안 하늘을 올려다보더니 이내 남궁찬과 무호성에게로 시선을 두었다.

"그런데 다시 살아났다네. 놀랍지 않은가?"

남궁여호의 입가에 피어오른 미소가 더욱 진해졌다.

예전에는 한없이 온화하게만 보였던 그의 미소가 지금 이 순간에는 섬뜩하게만 비춰지고 있었다.

"이게 바로 혈교의 힘이라네."

남궁여호의 말에 무호성과 남궁찬, 파천수호위의 표정이 딱딱하게 굳었다.

방금 전의 그 말로 그가 적이라는 것을 확신할 수 있었다.

특히나 남궁찬은 지금의 상황에 적지 않은 충격을 받은 듯했다.

죽었던 부친이 살아 있는 이 상황과 그가 갑작스레 적의 편으로 돌아선 것에 대한 충격 때문에 몸이 딱딱하게 굳어가고 있었다.

"혈교는 중원을 피로 물들이려는 것이 아니었다. 그들이야말로 신의 권능을 몸소 실천하는 자들. 그들이 중원을 다스린다면 극락을 맞이하게 될 것이다."

남궁여호의 말에 무호성은 소름이 돋는 것을 느꼈다. 무심한 표정으로, 그리고 차가운 눈빛으로 혈교를 찬양하는 그의 말이 너무나도 낯설게 느껴졌기 때문이다.

"이게 무슨 일이야?!"

뒤늦게 따라온 당천신이 남궁여호를 보고 소리쳤다. 처음에는 무사한 그를 보고 반가워했지만 장내의 분위기가 심상치 않음을 느낀 것이다.

"자, 너희들도 혈교의 품으로 들어와라. 신세계를 경험하게 될 것이다. 거기에 불사의 몸까지 가질 수 있지."

남궁여호의 말에 당천신과 요치우 등은 적지 않은 충격을 받은 표정이었다.

"아버지……."

남궁찬이 작은 목소리로 남궁여호를 불렀다.

"그래, 아들아. 너부터 오너라. 이 아비의 뜻을 따라서 나쁠 것은 하나도 없단다."

"왜… 어째서… 어째서 이렇게 변하신 거죠?"

남궁여호를 바라보는 남궁찬의 눈은 붉게 물들어 있었다. 금방이라도 쏟아질 것 같은 눈물을 억지로 참고 있는 모습이었다.

"인간은 참 어리석은 존재지. 모든 것을 자신의 기준으로 판단한단 말이다. 고정관념이라는 틀 속에서 발버둥치며 나오지 못하는 꼴이지. 난 그 틀을 깨고 몸으로 느꼈기에 이런 말을 할 수 있는 게다."

남궁여호의 말에 남궁찬은 고개를 숙였다.

자신이 알고 있는 아버지가 아니라는 사실에 커다란 충격과 실망감을 느꼈다. 그리고 그를 그렇게 만든 혈교에 대한 분노도 동시에 피어올랐다.

"뒤로 물러나 있어. 버거울 거야."

무호성이 그런 남궁찬에게 다가와 말했다. 아무리 변해 버렸다고는 하지만 아버지를 자신의 손으로 상대하는 것은 너무나도 힘든 일이다.

"아니. 내가 하겠소. 그리고 혈교 놈들에게 복수하겠소."

남궁찬이 숙였던 고개를 들어 올리며 말했다. 힘들어 보였지만 얼굴 가득 고집이 드러나 있었다.

하지만 무호성은 만류하고 싶었다. 비록 혈육은 아니었지만 남궁도백의 목숨을 자신의 손으로 끊어야 했던 그때를 떠올리면 아직도 가슴이 찢어질 듯 아파왔다.

그런데 자식 된 입장에서 아버지를 상대해야 하는 그 아픔은 오죽하겠는가?

그럼에도 무호성은 더 이상 그를 말리지 못했다. 남궁찬은 벌써 검을 뽑아 들고 있었다.

"설마 아비에게 검을 겨누겠다는 뜻이냐?"

"당신은 내가 아는 아버지가 아닙니다."

남궁찬이 차가운 어조로 말했다.

"슬프구나. 내 너를 그리 키우지 않았거늘."

하지만 남궁여호의 표정은 조금도 슬픈 것 같지 않았다. 오히려 입가에 조소가 어려 있었다.

"마지막으로 말하마. 그래도 자식인데 내 손으로 죽이고 싶지는 않구나. 이리 오너라."

남궁여호가 검 대신 손을 내밀었다. 자신의 손을 잡기만 한다면 목숨은 살려주겠다는 뜻이다.

하지만 남궁찬은 조금도 그럴 생각이 없었다.

비록 아버지의 입에서 나온 말이지만 적어도 지금까지의 경험으로 비추어 봤을 때 그의 말은 거짓이었다.

"싫습니다."

"안타깝구나."

남궁여호가 내밀었던 손을 거두었다. 그리고는 자신의 허리춤에서 검을 꺼내 들었다.

"그럼, 죽어라."

남궁여호의 몸에서 상당한 양의 기운이 폭사되었다. 어느 정도 예상하고 있던 무호성도 순간 움찔할 정도의 엄청난 위력이었다.

그것을 정면으로 받은 남궁찬의 얼굴은 사색이 되었다. 떨쳐 낼 수 없는 공포와 결코 넘을 수 없어 보이는 벽이 자신을 덮쳐 오는 것 같았다.

하지만 그는 두 다리를 땅에 붙인 채 꼼짝도 하지 않았다. 그것은 남궁찬 그 자신의 의지였다.

"많이 컸구나. 나의 이런 기운을 힘겹게나마 받아내다니. 하지만 그것으로 끝이다. 그 상태로 버티고 서 있는 것이 한계겠지."

남궁여호는 남궁찬의 상태를 꿰뚫어 보고 있었다. 그리고는 무표정한 채로 앞으로 걸어왔다.

"심호흡을 하고 마음을 가라앉혀. 앞의 사람은 가주님이 아니다. 그저 가주님의 껍데기를 뒤집어쓴 적일 뿐이지."

남궁찬의 어깨를 다독이며 무호성이 그 앞에 섰다.

"그렇지. 자네가 나서야지. 이 자리에 있는 그 누구도 지금의 나를 당해낼 재간은 없을 테니."

"……"

남궁여호의 말에 무호성은 아무런 말도 하지 않았다. 다만 자신의 주먹을 움켜쥐고 앞쪽으로 가볍게 들어 올렸다.

"이러기는 싫지만 이 주먹으로 영면에 들 수 있도록 해드리겠습니다."

"영면? 말하지 않았나? 불사의 몸이라고."

남궁여호의 말에 무호성은 고개를 저을 뿐 아무런 말도 하지 않았다. 이 이상 말을 섞어봤자 제자리걸음일 뿐이라는 걸 잘 알고 있는 까닭이었다.

"그날 형산에서는 내가 졌지."

쉬익!

남궁여호가 허공을 향해 가볍게 검을 휘두르자 날카로운 소리가 울려 퍼졌다.

"하지만 지금은 다를 걸세. 목숨을 걸어야 할 거야."

그와 동시에 남궁여호의 검에 붉은 기운이 맺히기 시작했다. 처음에는 아지랑이처럼 피어오르더니 이제는 점차 뚜렷한 형체를 만들어내고 있었다.

"검강?"

"그래, 검강이지. 예전에는 죽어라 수련해도 만들어내지 못했던 검강이 지금은 식은 죽 먹기가 되어버렸지. 어떤가? 이게 혈교의 힘이야."

"무(武)의 공부는 깨달음이 없이는 자신의 것이라 할 수 없습니다."

"그것이 무슨 상관이지? 어쨌든 난 지금 강한 힘을 손에 넣었는데."

"그렇다면 결코 절 이길 수 없을 겁니다."

"과연 그럴까?"

남궁여호가 천천히 앞으로 걸어왔다. 그리고 무호성 역시 그를 향해 똑바로 걸어갔다.

그들의 거리가 일 장도 채 되지 않을 정도로 가까워졌을 때, 동시에 서로를 향해 공격을 퍼붓기 시작했다.

남궁여호의 검강과 무호성의 권강이 서로를 스쳐 가며 허공을 격했다.

조금만 반응이 늦어도 한 줌의 먼지로 화할 수 있는 상황.

두 사람의 집중력은 그 어느 때보다 높았다.

"이대로 두고 봐야 하는가?"

요치우가 중얼거렸다.

다른 적은 없었다. 오직 남궁여호만이 자신들을 기다리고 있을 뿐.

혼자서 자신들 전부를 상대할 수 있을 것이라 생각했던 것인지는 모르겠지만 어쨌든 지금 이 순간 자신들은 그저 두 사람의 싸움을 바라만 보고 있을 수밖에 없었다.

"저희가 상대해 드리지요."

갑작스레 들려온 목소리.

사람들의 고개가 천천히 그쪽으로 돌아갔다.

그리고 이어지는 경악에 찬 목소리들. 그들의 눈에 들어온 사람은 다름 아닌 청로 도장과 자검이었다.

역시나 죽었다고 알려진 사람들.

그런데 버젓이 살아서 자신들에게 검을 겨누고 있었다.

"청로 도장인가?"

"그렇습니다. 여기 있는 이 아이는 자검이라고 하지요."

요치우의 물음에 청로 도장이 자신과 자검을 소개했다.

"무당의 고명한 진인께서 어찌 적의 편에 서는 건가?"

요치우의 물음에 청로 도장이 입가에 미소를 지으며 말

했다.

"그러게 말입니다. 혈교에 와서 새로운 깨달음을 얻었지요. 제가 무당에서 갈구하던 그 깨달음을 말입니다."

차분하게 대답하는 청로 도장의 모습을 보고 있자면 진짜로 깨달음을 얻은 성인(聖人)과 같은 느낌이었다. 하지만 그의 말을 믿는 사람은 아무도 없었다.

콰콰쾅!

그 와중에 무호성과 남궁여호의 강기가 허공에서 서로 격하는 소리가 사방으로 울려 퍼졌다.

"믿지 못하시는군요."

"당연한 말을."

당천신이 곧바로 대꾸했다. 그러자 청로 도장이 자신과 자검을 가리키며 말을 이었다.

"저희가 이렇게 살아 있는 것이 증거입니다."

"죽은 사람이 살아 있다고 해서 깨달음을 얻었다고 볼 수는 없지."

"그럼 확인해 보시겠습니까?"

청로 도장이 자신의 검을 뽑으며 물었다. 그러자 자검 역시 아무 말 없이 검을 뽑았다.

"예전부터 궁금했습니다. 오왕의 실력은 어느 정도인지."

"난 말짱하고 상대는 죽지 않을 정도로 패줄 실력은 되지."

당천신이 낮게 으르렁거리듯 말했다. 그러자 청로 도장이 그를 바라보며 덤덤하게 말했다.

"그럼 한 수 부탁드리지요."

그러면서 그는 당천신에게 검을 겨누었다. 그 모습에 당천신은 화가 난 듯 얼굴이 붉어졌다.

그렇게 되자 자연스럽게 자검은 요치우의 앞에 서서 검을 겨누었다. 어느새 풍령을 손에 쥐고 있는 요치우의 기도가 강맹해졌다.

그를 무당의 자검이 아닌 적으로 간주하고 반드시 목숨을 취하겠다는 의지가 반영된 결과였다.

풍령을 쥔 요치우의 손에 힘이 들어갔다.

무호성과 남궁여호의 싸움은 한 치 앞도 예상하기 어려울 정도로 치열하게 전개되고 있었다.

서로의 공격을 피하고 막아내는 사이 그들 주변에는 수십 개의 구덩이가 파여 있었다. 모두 강기에 의해 생긴 것들이었다.

무호성과 남궁여호는 숨 쉬기도 힘들 정도로 빠르게 서로를 향해 공격을 퍼붓고 있었다.

시퍼런 강기가 코끝을 스쳐 가고 눈앞을 지나가고 있음에도 두 사람의 시선은 서로에게 고정되어 있었다.

한순간이라도 상대의 움직임을 놓친다면 목숨을 잃을 수도 있는 절체절명의 순간이기 때문이다. 그럼에도 두 사람 모두 덤덤한 표정인 것이 대단하게만 보였다.

"신나는군! 진정한 강함을 손에 넣은 사람만이 만끽할 수 있는 즐거움이지!"

남궁여호가 소리쳤다. 별다른 표정의 변화는 없었지만 목소리만큼은 진정 즐거운 듯 들렸다.

하지만 무호성은 그 말에 아무런 대꾸도 하지 않았다.

그럴 여유도 없거니와 쓸데없는 일이라는 생각이 들었기 때문이다.

쒜에엑!

남궁여호의 검이 번개처럼 무호성의 안면을 노리고 찔러 들어 왔다.

시뻘건 강기를 뒤집어쓴 채로 빠르게 쇄도하는 공격을 막아내기 힘들다는 판단을 한 무호성은 재빨리 주먹을 내지르며 정면으로 맞섰다.

콰앙!

'윽!'

무호성이 뒤로 물러나며 인상을 찌푸렸다. 생각했던 것보다 충격이 심했던 것이다.

손목을 타고 어깨까지 전해진 충격에 팔 전체가 찌릿찌릿했다. 게다가 약간의 내상까지 입어 목구멍으로 비릿한 핏물이 약간 올라오고 있었다.

"호오~! 멀쩡한 건가?"

남궁여호가 여유있는 목소리로 물었다. 하지만 그의 얼굴에도 지금까지의 무표정과는 달리 조금 긴장한 기색이 보이고 있었다.

파악!

무호성은 대답 대신 땅을 박차고 앞으로 쏘아져 나갔다.

빠르게 쇄도한 무호성은 남궁여호를 자신의 사정권 안에 넣고 강하게 주먹을 내질렀다.

하지만 남궁여호도 만만치 않았다.

마치 무호성의 그런 움직임을 미리 예측하고 있었다는 듯이 빠르게 뒤로 빠져 거리를 벌리며 검을 휘둘렀다.

촤라라락!

무호성이 급제동하며 땅에서 미끄러졌다.

뒤로 빠지며 휘두른 남궁여호의 검에서 여러 갈래의 기운이 쏘아져 나왔기 때문이다.

강기는 아니었지만 둘 사이의 공간을 가득 메우며 앞으로 날아드는 기운에 황급히 손을 들었다.

앞으로 펼쳐진 그의 손바닥에서 강기가 뿜어져 나와 허공에 거대한 손바닥을 만들어내었다.

꽈과과과광!

강기와 부딪친 기운은 흔적도 없이 사라졌지만 문제는 그다음부터였다.

사라진 기운의 뒤쪽에 나타난 남궁여호가 붉은 강기를 머금은 검을 흩뿌린 것이다.

강기를 거두어들이던 무호성이 서둘러 진기를 되돌려 앞쪽으로 뻗어냈다. 하지만 거두어들이던 기운을 다시 되돌리며 생긴 찰나의 순간이 꽤나 큰 결과를 만들어내었다.

쫘앙!

"큭!"

무호성이 신음과 함께 뒤쪽으로 쭉 밀렸다.

"카학!"

그와 동시에 목구멍에서 울컥 무언가가 올라오는가 싶더니 이내 입으로 피를 한 모금 토해내었다.

생각보다 심각한 내상은 아니었지만 지금과 같은 상황에서는 상대로 하여금 엄청난 파급효과를 얻어내는 기회가 될 수 있었다.

하지만 무슨 이유인지 남궁여호는 무호성을 공격하지 않았다.

오히려 멀찌감치 떨어져 서서 얼굴을 잔뜩 찌푸린 채 무호성은 사납게 노려보고 있었다.

"이 정도가 아니었는데. 이 정도로는 날 즐겁게 할 수 없어. 벌써 그렇게 주저앉으면 이날을 기다려 온 보람이 없다."

"흐읍! 후우."

남궁여호가 중얼거리는 사이 무호성이 간단히 내상을 다스리고는 크게 심호흡을 했다.

"그날의 네게 느꼈던 압도적인 차이는 이 정도가 아니었다. 제대로 된 실력을 보여라."

남궁여호의 말에 무호성이 눈을 번뜩이며 입을 열었다.

"죽이지 않으려 했습니다."

"죽이지 않으려 했다? 감히 날 상대로 그따위 말을 지껄이는 것이냐!"

남궁여호의 기운이 전신에서 폭발했다. 지금까지와는 전혀 다른 모습이었다.

어떻게 보면 숨겨놨던 실력을 모조리 드러내는 것 같기도 했고, 또 다르게 보자면 스스로가 자신의 기운을 통제하지 못하고 폭주하는 것같이 보이기도 했다.

점점 붉게 물들어가는 남궁여호의 모습에 무호성은 안타까움과 슬픔을 느꼈다.

저벅저벅.

남궁여호가 앞으로 걸어왔다.

거리가 가까워질수록 그의 몸에서 폭사되어 나오는 기운의 압박이 거세졌지만 무호성은 아무런 반응도 보이지 않았다.

다만 아래로 늘어뜨리고 있는 그의 주먹에 점점 짙은 푸른색의 강기가 덧씌워지고 있을 뿐이었다.

무호성은 지금 자신의 눈에 보이는 남궁여호의 모습이 진짜일 것이라는 생각은 조금도 하지 않았다.

진짜 남궁여호는 죽었고 지금 눈앞에 있는 사람은 가짜일 것이라 굳게 믿고 있었다.

설령 살아 있다 하더라도 예전의 남궁도백처럼 자신의 의지가 아닐 것이라고 생각했다.

그렇기 때문에 지금 이 순간 자신이 할 수 있는 것은 가장 빠르고 편안하게 그의 목숨을 끊는 것뿐이라고 생각했다.

남궁여호가 이 장 앞까지 걸어왔을 때 무호성의 주먹은 더 이상 짙어질 수 없을 정도로 푸른 빛깔의 강기가 덧씌워져 있었다.

무호성은 천천히 남궁여호를 향해 주먹을 들어 올렸다.

"기억나는군. 예전에 형산에서 봤던 그것인가?"

남궁여호의 말에 무호성은 순간 움찔했다. 형산에서 파천화진공을 대성하고 나와 그와 했던 대련을 기억하고 있는 것이다.

'진짜… 가주님인가?'

그 생각에 무호성의 마음은 더욱 무거워졌다.

가슴 안쪽에 묵직한 무언가가 얹혀 숨 쉬기가 힘든 것 같은 착각도 들었다.

하지만 그와 함께 그가 진짜 남궁여호라면 단박에 끝내야 한다는 확고한 생각도 머릿속에 떠올랐다.

무호성은 한쪽에 서 있는 남궁찬을 한 번 바라보았다.

여전히 충격에서 헤어 나오지 못하고 있는 모습이었다.

무호성은 잠시 눈을 감았다가 떴다.

다시 뜬 그의 눈에서는 한광이 흘러나오고 있었다.

그 냉기는 결코 남궁여호를 향한 것이 아니었다.

그를 그렇게 만든 혈교에 대한 거대한 분노의 발현이었다.

남궁도백을 그렇게 만들고 무고한 사람들의 목숨을 빼앗았으며 이제는 남궁여호까지.

한 가정의 아버지이자 한 가문의 가주요, 무림의 거대한 별을 이렇게도 무참히 무너뜨리는 것을 보며 참을 수 없는 분노를 느낀 것이다.

"오랜만이야. 언제고 한번 그것을 다시 견식하고 싶었다. 이번에야말로 철저히 무너뜨려 주지."

남궁여호의 목소리가 날카롭게 변했다.

그리고 지척에서 번개 같은 속도로 검을 뿌려댔다.

지금까지와는 비교도 할 수 없는 속도.

하지만 무호성도 자신의 모든 것을 드러내 보이려 하고 있었다.

무호성의 다리가 여유롭게 움직였다.

간발의 차이로 아슬아슬하게 검을 피해낸다. 짙은 푸른색을 띤 권강이 남궁여호의 검을 쳐내고 그의 몸을 가격하기 위해 뻗어나갔다.

하지만 두 사람의 공방은 그저 애꿎은 허공만 격할 뿐이었다.

한 치의 물러섬도 없는 공방.

그러면서도 두 사람의 간격은 더욱 가까워지고 있었고, 뻗어내는 공격은 그 궤도가 짧아지고 있었다.

쾌속의 공방!

코앞에서 뻗어오는 공격을 두 사람은 쾌속한 움직임으로 피하며 반격까지 하고 있었다.

그러면서도 두 사람의 몸에는 생채기도 나지 않았다.

"하하하하! 신나는구나! 신나! 이렇게 즐거울 수가 없다!"

그 와중에 남궁여호는 말까지 하는 여유를 보이고 있었다. 그럴수록 무호성의 눈은 더욱더 깊게 가라앉아 갔고, 거기서 뻗어 나오는 한광은 더욱 차가워지기만 했다.

진짜 신명 나는지 남궁여호의 검이 더욱 빨라지고 날카로워졌다.

공격에 실린 힘은 능히 태산을 무너뜨리고도 남을 것 같았고 그 속도는 가히 빛의 속도 같다고 할 만했다.

하지만 지금 이 순간, 무호성에게는 그 모든 것들이 느리게만 보였다.

마치 시간이 굉장히 천천히 흐르는 것 같았고, 주변 사물들의 움직임이 장난이라도 치듯 굉장히 느렸다.

남궁여호의 검 역시 마찬가지였다.

자신을 노리고 날아드는 검에 파리라도 앉을 수 있을 것처럼 느리기만 했다.

무호성이 가볍게 발을 움직이자 미처 검이 근처까지 오기도 전에 그 궤도를 벗어나 있었다.

'뭐지?'

처음 겪는 경험이었다.

지금껏 이런 적은 단 한 번도 없었다. 하지만 그럼에도 뭔가 익숙하고 편안한 기분이 들었다.

무호성은 있는 힘껏 주먹을 내질렀다.

굼벵이 기어가듯 느리게 날아오는 남궁여호의 검과 달리 그 자신의 주먹은 정상적인 속도로 뻗어나갔다.

남궁여호의 고개가 돌아갔다.

자신이 검을 피했다는 것을 이제야 알아차린 것이다.

하지만 때는 이미 늦었다.

무호성의 주먹은 어느새 남궁여호의 가슴팍에 닿아 있었다.

쾅!

천지를 진동시킬 정도의 폭음과 함께 무호성 주변의 시간이 정상으로 돌아왔다.

그와 동시에 무호성의 눈에는 가슴에 커다란 구멍이 뚫린 채 저 뒤로 날아가는 남궁여호의 모습이 보였다.

콰쾅!

날아간 남궁여호는 그대로 담벼락에 부딪쳤고, 그 때문에 무너진 담벼락에 깔려 버렸다.

무호성은 그쪽으로 다가가지 않았다. 목숨이 끊어졌다는 것은 확인하지 않아도 알 수 있었다. 대신 그쪽으로 달려간 사람은 남궁찬이었다.

방금 전 무호성의 일격이 어떻게 해서 남궁여호에게 닿았는지 보지 못한 남궁찬은 잠시 동안 멍한 표정으로 서 있었다.

남궁여호가 검을 휘두르는가 싶더니 갑자기 가슴에 구멍이 뚫리며 뒤쪽으로 날아갔기 때문이다.

찰나의 순간이라는 말로도 표현이 안 될 정도로 빠른 일격에 남궁여호는 그대로 즉사하고 말았다.

비록 이렇게 되었지만 그래도 자신의 아버지였기에 남궁찬은 눈물을 흘리며 무너진 담벼락 쪽으로 달려갔다.

"아버지!"

부르고 싶었다.

처음에 당신이라 불렀고, 무호성은 그가 진짜가 아니라고 했지만 남궁찬은 본능적으로 느낄 수 있었다.

그는 진짜 자신의 아버지였다.

부자지간에만 느낄 수 있는 무언가가 있었기 때문에 알아볼 수 있었다.

하지만 그럼에도 아버지가 죽는 모습을 볼 수밖에 없는 상황에 너무나도 슬프고 화가 났다.

무너진 담벼락에 도착한 남궁찬은 맨손으로 돌무더기를

파헤치기 시작했다.

좋은 상황은 아니었지만 자신의 손으로 아버지의 시신을 수습하고 싶었다.

한참 동안 돌무더기를 헤친 남궁찬의 손길이 멈추었다.

편안한 표정으로 눈을 감고 있는 남궁여호의 얼굴이 드러났기 때문이다.

"아버지!"

부질없는 행동이라는 것은 알고 있었지만 남궁찬은 남궁여호를 불렀다. 이렇게 부르면 꼭 눈을 뜰 것만 같았다.

"아버지! 흑흑!"

결국 남궁찬은 오열하기 시작했다.

그런 남궁찬 곁으로 무호성이 다가갔다. 뭐라 위로의 말을 건네야 할지 알 수가 없었다.

남궁도백도 남궁여호도.

공교롭게도 무호성이 목숨을 거두고 말았으니 입이 열 개라도 할 말이 없었다.

"미안하다."

무호성이 할 수 있는 말은 미안하다는 말뿐이었다. 하지만 남궁찬은 아무런 대꾸도 하지 않았다.

상황이 어쩔 수 없었다는 것을 잘 알고 있기 때문이다.

계속해서 눈물을 흘리고 있는 남궁찬을 뒤로하고 무호성은 청로 도장, 자검과 싸우고 있는 요치우와 당천신 쪽을 바라보았다.

네 사람의 싸움은 박빙이었다.

요치우와 당천신의 옷이 넝마가 되어가고 있었지만 오랜 경험을 바탕으로 상대와 호각을 이루고 있었다.

잠시 그들의 싸움을 바라보던 무호성은 굳이 자신이 끼어들지 않아도 되겠다는 판단이 서자 내원 쪽으로 신형을 날렸다.

第二章
진실

신권무쌍

내원 역시 외원과 마찬가지로 고요했다.

인기척이라고는 느낄 수가 없었는데, 마치 오랜 시간 사람이 살지 않은 폐가 같은 느낌이었다.

하지만 무호성은 전혀 긴장을 풀지 않은 채 조심스럽게 발걸음을 옮겨 내원을 살폈다.

그러던 무호성의 걸음걸이가 조금씩 빨라졌다.

한시라도 빨리 장원극을 찾기 위함이었다.

장원극을 찾아 그와 결착을 짓는다면 이번 싸움의 끝이 보일 것이라는 생각 때문이었다.

무호성은 내원에서 가장 큰 전각으로 다가갔다.

왠지 그 꼭대기에 장원극이 있을 것 같은 생각이 들었다.

아니, 그것보다는 유독 이 건물에서만 자신을 향해 강한 살기를 쏘아대고 있었기 때문이다.

'한 사람이 아니군. 여기에 다 모여 있는 건가?'

그렇게 생각한 무호성은 심호흡을 한차례 한 후 전각 안으로 발걸음을 옮겼다.

전각 안은 밝았다.

사방으로 나 있는 창을 통해 햇빛과 함께 시원한 바람이 들어오고 있었다.

무호성은 천천히 전각 안을 둘러보았다.

기둥 몇 개를 제외하고는 아무것도 없는 휑한 내부에서는 사람의 모습을 찾아볼 수가 없었다.

다만 입구의 정반대편, 전각의 끝쪽에 이층으로 향하는 계단 하나만이 있을 뿐이었다.

'위층인가?'

속으로 중얼거린 무호성이 천천히 발걸음을 떼었다.

끼릭.

몇 걸음 걸었을 때 무호성의 발에 뭔가가 걸리는 소리가 들렸다.

'불길하군.'

끼리릭! 끼리릭!

뭔가가 작동되는 소리가 들리는가 싶더니 천장 쪽에서 수많은 화살이 쏟아져 내리기 시작했다.

무호성은 순간적으로 주먹으로 진기를 끌어 모았다.

그리고는 무아지경에 빠져 미친 듯이 주먹을 휘두를 때처럼 허공을 향해 사정없이 주먹을 후려갈겼다.

따다다다다다당!

빗발치는 화살은 무호성의 몸에 닿지 못하고 주먹에 맞아 힘없이 바닥으로 떨어져 내렸다.

하지만 주먹질을 하면서도 무호성은 이상한 느낌을 받았다.

화살의 위력이 너무 약했던 것이다.

'고작 이 정도라고?'

하지만 그런 의아함도 오래가지 않았다.

콰르르르르!

갑자기 바닥이 허물어지기 시작한 것이다. 발밑이 허전해지는 느낌을 받는 순간 무호성은 무너져 내리는 바닥 파편 하나를 박차고 허공으로 날아올랐다.

천장에 있는 대들보 위로 향하던 무호성의 신형이 갑작스레 회전하기 시작했다.

한 다발의 작은 침이 그를 향해 날아들기 시작한 것이다.

물론 호신강기를 펼쳐 낸다면 아무런 피해도 입지 않겠지만 전각의 꼭대기까지 뚫고 올라갈 것을 생각하면 내력의 소모를 최소화해야 했기에 피한 것이다.

날아드는 침을 피하기는 했지만 올라가던 탄력은 현격히 줄어들고 있었다. 자칫 대들보에 닿지 못하고 지하로 떨어져 내릴 수도 있는 상황이었다.

공중에 떠 있었기에 무엇 하나 디딜 것이 없는 상황.

결국 대들보를 향해 올라가던 무호성의 몸이 그 힘을 잃고 떨어져 내리기 시작했다.

'그럴 수는 없지.'

결국 무호성은 진기를 휘돌려 주먹에 모았다.

파앙!

강기가 아닌 기운을 파천강탄포의 수법으로 바닥을 향해 터뜨린 무호성은 그 힘을 이용해 무사히 대들보에 올라설 수 있었다.

'큰일 날 뻔했군.'

무호성은 대들보 위에서 작게 한숨을 내쉬고는 아래를 내려다보았다.

그 깊이가 얼마나 되는지 알 수 없을 정도로 시커먼 어둠만이 뚫린 바닥 아래를 가득 메우고 있었다.

"이제 무슨 수로 저기까지 간다?"

대들보에서 위쪽으로 올라가는 계단까지는 꽤나 먼 거리였다. 물론 못 건너갈 정도의 거리는 아니었지만 거기까지 가는 동안 또 무엇이 날아와 귀찮게 할지 모를 일이었다.

일단 무호성은 대들보를 따라 걸었다.

대들보와 천장까지의 높이가 낮은 탓에 허리를 굽혀 걸어야만 했다.

그렇게 잠시 걸어가던 무호성의 표정이 갑자기 딱딱하게 굳었다.

대들보가 마치 미리 잘라놓기라도 한 것처럼 토막이 나며 무너지기 시작한 것이다.

재빨리 토막 하나를 박찬 무호성의 신형이 빠르게 계단을 향해 날아갔다. 하지만 역시나 그것이 끝이 아니었다.

대들보에서 신형을 날린 것이기에 고도가 높은 상태였는데, 천장에서 꼬챙이들이 튀어나오며 무호성을 찔러들어 왔다.

깜짝 놀란 무호성은 재빨리 천근추의 신법으로 신형을 아래쪽으로 급강하시켰다. 하지만 그 밑은 깊이를 알 수 없는 까마득한 지하였다.

딱딱하게 굳은 표정의 무호성이 시커먼 어둠에 잡아먹혔다.

한참을 내려오고 나서야 발이 바닥에 닿는 느낌이 들었다.

위를 올려다보아도, 아무리 주변을 둘러보아도 보이는 것은 아무것도 없었다.

"후우… 갑갑하군."

갑자기 장님이 되어버린 것 같은 답답함이 밀려왔다. 도무지 지금 이 상황에서 어떻게 해야 할지 갈피를 잡을 수가 없었다.

"일단 걸어보자."

무호성은 무작정 앞으로 걸어갔다. 하지만 그것도 스무 걸음 정도 갔을 때 딱딱한 벽에 막히고 말았다.

"젠장."

무호성은 그 자리에서 뒤로 돌아 다시 걸었다. 하지만 정확히 마흔 걸음 걸어갔을 때 벽에 막히고 말았다.

"음……."

그러자 무호성은 다시 뒤로 스무 걸음을 나아간 다음 옆으로 돌아 걸어갔다. 하지만 이번에도 어김없이 스무 걸음 걸어간 뒤 벽에 막혔다.

반대방향도 마찬가지였다.

'사방이 막힌 공간이라…….'

그렇다면 뚫린 곳은 위쪽밖에는 없다는 뜻이다. 무호성은 진기를 다리 쪽으로 몰아 바닥을 박차고 뛰어올랐다.

쾅!

"크흑!"

하지만 천장도 막혀 있기는 마찬가지였다. 정수리 부근에서 느껴지는 알싸한 충격에 무호성은 잔뜩 인상을 찌푸린 채 바닥에 착지했다.

사방이 벽으로 막혀 있다는 것을 알았을 때에도 덤덤한 표정이던 무호성은, 머리에서 느껴지는 통증과 천장이 막혀 있다는 사실에 놀란 표정을 지었다.

분명 위에서 떨어져 내렸는데 언제 천장이 생겼단 말인가?

기관진식에 의해 열려 있던 것이 닫힌 것이라면 소리라도 들려야 정상이건만 아무런 소리도 듣지 못했기 때문에 더욱 충격일 수밖에 없었다.

"이런 어처구니없는 일이."

그렇게 중얼거린 무호성은 벽 쪽으로 걸어갔다. 도대체 어떻게 된 일인지 알 수는 없었지만 부술 수 있다면 부수고라도 나가야 했다.

더듬더듬 한쪽 벽으로 다가간 무호성이 진기를 잔뜩 끌어올렸다.

그의 손에 맺힌 푸르스름한 강기 때문에 그 주변이 살짝 밝아졌다.

"합!"

꽈아앙!

무호성의 주먹이 벽에 꽂히자 허물어지는 느낌과 함께 엄청난 빛이 갑자기 폭사되었다.

재빨리 눈을 감은 무호성은 한참 동안 그대로 서 있었다. 어두운 곳에 있다가 갑자기 많은 양의 빛을 받으면 눈이 상할 수도 있기 때문이다.

한동안 눈을 감고 서 있던 무호성은 눈을 떴다. 그리고 눈앞에 펼쳐진 광경에 입을 다물지 못했다.

"이게 말이 돼?"

무호성의 눈앞에는 넓은 들판이 펼쳐져 있었다. 얕은 구릉에 풀이 자라고 있었고, 불어오는 산들바람에 들꽃이 흩날리고 있었다.

굉장히 평화로워 보이는 곳. 무릉도원이 따로 없었다.

"하늘?"

그런 것은 놀랍지 않았다. 하지만 가장 놀라운 것은 뭉게구름이 떠 있는 파란 하늘이었다.

'지하에 하늘이 있어?'

무호성은 뒤를 돌아보았다. 그리고 또 한 번 눈을 부릅떴다.

자신이 뚫고 나온 지하 공간은 온데간데없이 사라져 있었다. 뒤에는 앞에 있는 것과 똑같은 풍경이 펼쳐져 있을 뿐이었다.

그 순간 무호성의 머릿속에 떠오르는 것이 있었다.

'환영진?'

"어떻게 뚫고 나간다?"

무호성이 살짝 인상을 찌푸렸다.

자검과 요치우의 싸움은 끝이 난 상태였다.

비록 자검의 무위가 급상승했다고는 하지만 경험적인 부분에 있어서는 요치우를 따라갈 수가 없었다.

결국 풍령에 의해 정확하게 심장이 뚫린 자검은 그대로 목숨을 잃고 말았다.

심장이 뚫려 쓰러진 자검에게 다가간 천마가 검을 들어 목을 베어버렸지만 요치우는 잔인하다는 말 한마디 할 수가 없었다.

죽었던 자검과 청로 도장, 남궁여호가 살아 돌아왔으니 심장이 뚫리고도 살아날 수 있겠다는 생각을 하게 된 것이다.

반면 당천신과 청로 도장의 싸움은 여전히 계속되고 있었다.

박빙의 상황이 계속되고 있었는데, 어느 누구도 물러섬없이 공격을 주고받고 있었다.

방어는 전혀 생각하지 않는 격렬한 싸움 때문에 두 사람의 옷은 넝마처럼 되어버렸지만 치명상을 입거나 하지는 않은 상태였다.

요치우는 걱정스런 눈빛으로 당천신을 바라보고 있었다.

비록 그가 독왕이라는 칭호를 얻었지만 독공이 뛰어나서라기보다는 적재적소에 사용하는 독의 위력이 상당하다는 이유가 더 컸다.

그 때문에 점점 더 시간이 흐를수록 청로 도장에 비해 내력 싸움에서 밀리는 양상을 보이고 있었다.

그나마 풍부한 경험을 통해 만회하고는 있었지만 애초에 독이 아닌 독공으로 승부를 보려 했던 당천신의 판단부터 잘못되었다는 생각을 할 수밖에 없는 상황이었다.

"천하의 독왕도 쩔쩔매는군."

천마가 요치우의 곁에 다가와 중얼거렸다. 비꼬려는 의도가 빤히 보이는 말이었다.

"자신의 주특기를 버리고 저리 붙으니 그렇지."

천마의 말에 요치우는 아무런 대꾸도 하지 않았다. 맞는 말이니 뭐라 할 수가 없었다.

"그래도 지지는 않겠군."

두 사람의 싸움에서 시선을 떼지 않고 있는 천마가 중얼거렸다. 요치우도 같은 생각이었다는 듯 고개를 끄덕였다.

"그런데 이놈은 어디로 간 거야?"

천마가 무호성을 찾아 주변을 두리번거리며 툴툴거렸다.

그 시각, 무호성은 자신의 눈앞에 펼쳐진 들판을 걷고 있었다. 뭔가 특이한 것을 찾으려고 열심히 주변을 두리번거려 봤지만 아무것도 보이질 않았다.

뭔가 건드릴 건더기가 있어야 진법을 파훼할 텐데 그런 것이 보이질 않으니 답답하기만 했다.

반 시진 가까이 계속해서 걸은 무호성은 걸음을 멈추고는 그 자리에 털썩 주저앉았다. 이렇게 계속 걸어봤자 더 이상

특별한 것은 보이지 않을 것 같았다.

잠시 앉아 있던 무호성은 아예 그 자리에 드러누웠다. 그리고는 하얀 구름이 둥실둥실 떠다니는 하늘을 올려다보았다.

"맑네."

무호성이 중얼거렸다. 그사이 구름 뒤에 숨어 있던 해가 빼꼼히 고개를 내밀었고, 얼굴 정면으로 햇볕이 따사롭게 내리쬐었다.

무호성이 고개를 돌렸다. 자신의 바로 옆으로 그림자가 보였다.

"이게 환상이란 말이지."

그렇게 중얼거린 무호성이 갑자기 몸을 벌떡 일으켰다. 뭔가 이상한 것을 눈치챘기 때문이다.

"뭐지, 저건?"

무호성의 눈에 간간이 그림자 없는 들꽃들이 눈에 들어왔다.

그림자가 있는 것들과 그림자가 없는 것들.

같은 환상일진대 어떤 것에는 있고, 어떤 것에는 없다는 것은 분명 이상한 점이었다.

"뭔가 단서가 되려나?"

그렇게 중얼거린 무호성은 다시금 반짝이는 눈빛으로 진법을 무너뜨릴 무언가를 찾기 시작했다.

쿠르르르!

요상한 소리와 함께 멀쩡하던 전각 안의 공간이 갈라지며 한 사람이 모습을 드러냈다.

바로 무호성이었다.

어렵사리 진법을 뚫고 나온 무호성은 주변을 둘러보았다. 처음 자신이 전각 안으로 발을 들여놓았을 때와 똑같은 모습이 눈에 들어왔다.

"첫 번째 관문은 통과인가?"

"그건 아니지."

놀랍게도 무호성의 혼잣말에 누군가가 대답하며 나타났다.

"누구지?"

"누구냐고? 날 보러 온 것 아니었나?"

"장원극?"

무호성의 말에 장원극이 눈살을 찌푸리며 입을 열었다.

"그래도 배분으로 따지자면 내가 사형인데 말이 너무 짧군."

"이런 상황에서 사형 대접 받길 원하나?"

무호성의 날이 선 대꾸에 장원극이 피식 웃었다.

"생각보다 일찍 진법을 빠져나왔군."

"고생 좀 했지. 설마 그깟 작은 토끼 한 마리에 그런 장난을 쳐놨을 줄이야."

"재빠르지 않던가?"

"말했잖아. 고생 좀 했다고. 그래서 지금부터 고생한 값을 좀 받아내야겠다."

무호성의 말에 장원극이 손바닥을 들며 말했다.

"너무 급하군. 천천히 하자고. 시간은 많으니."

"당신에게는 많을지 몰라도 난 그렇지 않아."

"지금 당장 시작하나 조금 있다가 시작하나 늦은 건 마찬가지다."

장원극의 말에 무호성이 인상을 찌푸렸다. 뭔가 애매모호함이 느껴지는 말이었다.

"날 꺾으면 끝이라는 생각은 일찌감치 버리는 것이 좋을 거야."

그렇게 말하며 장원극이 오싹함이 느껴지는 미소를 지었다.

"뭐? 무슨 뜻이지?"

"일단 우리 볼일부터 끝내도록 하지. 그럼 알기 싫어도 자연스럽게 알게 될 테니까."

장원극의 말을 들으며 무호성은 알 수 없는 불안감에 휩싸였다.

*   *   *

쾅!

잠시 침상에 누워 휴식을 취하던 구양진공은 갑자기 들려온 소리에 깜짝 놀라 자리에서 벌떡 일어났다.

거칠게 열린 문 앞에는 다급한 표정의 사자각 호위무사 한 명이 서 있었다.

"맹주님! 피하셔야 합니다!"

"무슨 일이냐!"

"지금 신무각과 유문각 소속 무사들이 사자각으로 쳐들어오고 있습니다!"

"무슨 소리냐!"

"말 그대롭니다. 서두르십시오!"

그 말을 남기고 무사가 다시금 밖으로 뛰어나갔다. 갑작스런 상황에 구양진공은 정신을 차릴 수가 없었다.

어째서, 무슨 이유로 단일풍과 동방책이 자신을 친단 말인가?

"이럴 수가? 설마?"

구양진공은 서둘러 자신의 검을 들고 밖으로 뛰쳐나갔다.

한 층 아래로 내려가자 요란한 병장기 소리가 비명 소리와 뒤엉켜 들려오고 있었다.

그 소리를 들으며 구양진공은 이를 악물고 검을 뽑으며 아래층으로 신형을 던졌다.

확실히 아래층에서는 신무각과 유문각의 무사들이 사자각

무사들과 뒤섞여 싸움을 벌이고 있었다.

하지만 애당초 상대가 되지 않는 싸움이었다.

수적으로 열세에 몰린 사자각 무사들이 이를 악물고 결사 항전하고 있었지만 계속해서 뒷걸음질을 칠 뿐이었다.

"멈춰라!"

구양진공이 진기를 끌어올려 크게 소리치자 사자각과 유문각, 신무각의 무사들이 귀를 막고 인상을 찌푸리며 싸움을 멈추었다.

"이놈들! 이게 무슨 짓이냐!"

구양진공이 신무각과 유문각의 무사들을 사납게 노려보며 소리쳤다.

하지만 그 대답은 다른 사람에게서 들려왔다.

"이들을 너무 나무라지 마시오, 맹주. 다 내가 시켜서 한 일이니."

나타난 사람은 단일풍이었다. 언제나 존칭을 써가며 구양 진공을 모시던 그가 지금은 평대를 하며 싸늘한 미소를 짓고 있었다.

"무상, 이게 무슨 일입니까?"

"보시는 그대로외다."

"반역이오?"

구양진공의 물음에 단일풍의 미소가 더욱 짙어지며 입이 열렸다.

"뭐, 그렇다고 합시다."

단일풍이 귀찮다는 듯 손짓을 하며 대충 대답했다. 그 모습에 구양진공은 깊은 절망감을 느꼈다.

"언제부터… 언제부터 이런 마음을 먹었지?"

구양진공의 말투가 바뀌었다. 단일풍을 적으로 받아들이기 시작한 것이다.

"언제부터? 처음부터였지. 만약 그때 내가 맹주가 되었더라면 훨씬 더 수월했을 텐데. 당신 때문에 시간이 많이 지체되었어."

"이깟 맹주 자리가 탐났다면 언제든지 줄 수 있었다!"

구양진공의 말에 단일풍이 또 한 번 피식 웃었다. 그리고는 착각하지 말라는 듯 말을 이어갔다.

"맹주 자리? 웃기는군. 그깟 맹주 자리가 탐나서 이러는 줄 아는가?"

"뭐라?"

"내가 원하는 것은 오직 하나, 혈교 천하뿐이다."

"……!"

순간 구양진공이 받은 충격은 이루 말할 수 없을 정도로 큰 것이었다.

물론 마음속 한구석에 설마 하는 마음은 있었다. 하지만 그것은 아닐 것이라고 강하게 부정했다.

불안감이 엄습했지만 그마저도 부정했다.

절대 아닐 거라고.

하지만 결국 승리한 것은 그간 느껴온 불안감이었다.

구양진공은 눈을 감았다.

지금 자신이 보고 듣고 있는 이 상황을, 이 현실을 도저히 믿을 수가 없었다.

한참 동안 말없이 눈을 감고 있던 구양진공이 다시 눈을 뜨고는 단일풍에게 물었다.

"문상도 그대가 죽였나?"

"그렇다고 할 수 있겠지. 내가 명령한 것이니까."

구양진공은 가슴이 아팠다.

"청로 도장과 차겸, 남궁 가주는 어떻게 됐지? 그들도 그대가 죽였나?"

"죽었을까?"

그렇게 말하며 단일풍이 미소를 지었다. 의미심장한 말과 미소에 구양진공은 알 수 없는 불안감이 또 한 차례 엄습했다.

"어차피 저승에 가면 알게 될 일이니 궁금증은 잠시 뒤로 미뤄두지."

단일풍의 말에 구양진공이 크게 숨을 한 번 들이마셨다가 내뱉으며 말했다.

"쉬울 거라 생각하지 마라."

"잔머리 굴릴 생각이라면 아예 버리는 것이 좋을 것이다.

무림맹의 모든 세력은 이미 흡수했다."

구양진공은 보일 듯 말 듯 고개를 끄덕였다. 이미 그 정도
는 예상하고 있었다.

문제는 자신의 가문이었다.

그가 이렇게 나온 이상 구양가도 화를 피하기 어려울 것이
라는 생각에 초조해졌다.

쉬쉬쉬쉭!

그때, 구양진공의 앞에 스무 명가량의 무인이 불쑥 솟아났
다.

바로 맹주의 비밀 호위단인 승천단이었다.

"승천단인가?"

단일풍의 물음에도 그들은 아무런 대답도 하지 않았다. 다
만 지독한 살기만 뿌려대고 있을 뿐이었다.

그들의 등장에 구양진공의 머리가 빠르게 돌아가기 시작
했다. 승천단과 자신이 힘을 합친다면 빠져나가는 것 정도는
할 수 있을 것이라 생각했다.

"이들이 있다고 해도 빠져나갈 수 있을 것이라 생각하지
않는 것이 좋을 것이다."

그 말과 함께 단일풍의 몸에서 은은한 기운이 풍겨져 나왔
다. 지금까지 한 번도 느껴보지 못한 엄청난 기도였다.

"맹주님, 저희가 엄호하겠습니다. 빠져나가십시오."

한동안 말이 없던 승천단주가 뒤는 돌아보지 않은 채 말

했다.

"아닐세. 함께 가세."

구양진공이 고개를 저었다. 그러자 승천단주가 뒤를 돌아 그를 바라보았다.

"맹주님."

"자네들의 목숨을 발판 삼아 나 혼자 도망칠 수는 없지 않겠는가? 죽어도 같이 죽음세."

맹주의 말에 승천단주가 고개를 숙였다. 마치 그의 말에 감동받은 듯한 모습이었다.

"맹주님, 저는 죽기 싫습니다."

그의 입에서 흘러나온 뜻밖의 말에 구양진공은 눈을 부릅떴다.

퍽!

"그러니 혼자 죽으십시오."

승천단주에게 무슨 말이냐고 묻기도 전에 그의 검이 구양진공의 심장을 꿰뚫고 지나갔다.

결국 구양진공은 두 눈을 부릅뜬 채 그대로 절명하고 말았다.

"말했지? 무람맹의 모든 세력을 흡수했다고."

허물어지는 구양진공을 바라보며 단일풍이 중얼거렸다.

"모두 끝났습니다."

단일풍에게 다가와 공손하게 말하는 사람은 다름 아닌 동방책이었다.

"그런가? 파천문 쪽은 어떻게 됐지?"

"어떻게 되었든 상관없습니다."

"그렇겠군. 구파와 나머지 오대세가들은?"

"아직 이 사실을 모르고 있으니 차근차근 정리하면 됩니다."

"저들에게 방비할 시간을 주면 안 된다는 것은 잘 알고 있겠지?"

"이미 착수에 들어갔습니다."

"역시."

단일풍이 흡족한 표정을 지었다.

"이제 남은 것은 천마신주를 손에 넣는 것뿐인가?"

"그렇습니다. 그들이 파천문에서 패하든 이기고 돌아오든 천마신주는 저희 손에 들어오게 되어 있습니다."

"좋군. 하지만 시간이 얼마 없어."

"곧 끝날 겁니다."

동방책의 목소리에서 강한 자신감이 느껴졌다.

"지금까지도 잘해왔으니 군사를 믿지."

"감사합니다."

동방책이 허리를 굽혔다.

*   *   *

무호성과 장원극은 서로를 노려보며 마주 보고 서 있었다.

살기도 일으키지 않았고 기운도 끌어올리지 않았다. 그저 날카로운 눈빛으로 서로를 응시할 뿐이었다.

아무런 말도 없었다.

마치 눈빛으로 대화를 하는 사람들처럼 입을 꾹 다문 채 눈빛을 교환했다.

그런 침묵을 먼저 깬 것은 장원극이었다.

"궁금하군. 사백님께 배운 파천화진공과 붕천뇌우격이."

"사백이라 부르지도 마라."

무호성이 낮은 목소리로 말했다.

"서럽군. 사백을 사백이라 부르지도 못한다니."

하지만 그의 표정은 전혀 그렇지 않았다. 오히려 홀가분하다는 표정을 짓고 있었다.

"자, 먼저 와라."

장원극이 손바닥을 하늘을 향하게 들어 올리고는 손가락을 까딱까딱하며 말했다.

"후회할 것이다."

그렇게 말한 무호성의 신형이 앞으로 쭉 늘어나는가 싶더니 어느새 그의 품 안으로 쇄도해 들어왔다.

극성으로 펼친 멸화투보였다.

하지만 장원극은 그런 그의 움직임이 눈에 훤히 보이기라도 하는 듯 여유있는 발놀림으로 그의 쇄도를 피해냈다.

펑!

하늘을 무너뜨릴 것 같은 무호성의 일권이 허공을 때렸다. 하지만 뻗었던 주먹을 회수함과 동시에 그의 다른 손은 파멸진혼장의 수법으로 장력을 뿜어내고 있었다.

파앙!

하지만 그의 일권이 허공을 때린 것처럼 그의 일장도 무위에 그치고 말았다.

장원극은 어느새 무호성의 사정권 밖에서 조소를 띠고 있었다.

"이 정도라니 실망이군. 밖에서 하도 소문이 자자하기에 기대를 했는데 말이야."

그 말에 무호성이 자세를 바로 하고는 무표정한 얼굴과 공격할 의사가 전혀 없어 보이는 발걸음으로 그를 향해 뚜벅뚜벅 걸어갔다.

"서로 빼지 말고 정면으로 승부를 보지."

무호성이 장원극을 도발하고 나섰다. 방금 전 상황에서 확인할 수 있었던 것은 그의 보법뿐이었지만 그것만으로도 그가 얼마나 무공의 완숙도가 대단한지 알 수 있었다.

"과연 네가 날 정면으로 이길 수 있을까?"

장원극은 자신만만한 어투로 물었다. 그만큼 자신의 실력에 자신있다는 뜻이었다.

"길고 짧은 건 대봐야 알지."

"어른 키가 아이 키보다 더 크다는 건 굳이 재보지 않아도 알 수 있는 것 아닌가?"

졸지에 어린애 취급을 당한 무호성이 인상을 찌푸렸다. 비록 그날 밤 꿈에서 월천이 말했던 무무의 경지에 대한 비밀은 풀지 못했지만 나름 자신의 실력에 대해 자부심을 가지고 있었다.

"자존심 상하는군."

"원래 진실은 쓰디쓴 법이지."

시종일관 여유로운 태도를 보이는 장원극을 보며 무호성은 의아함과 불안감이 동시에 피어올랐다.

'도대체 얼마나 강하기에 저럴 수 있는 거지?'

눈빛만 봐도 그가 허세를 부리는 것이 아니라는 사실을 알수 있었다.

'부딪쳐 봐야지.'

"그래도 한번 재보자고."

무호성의 말에 장원극이 싱긋 웃었다. 그리고는 손가락으로 그가 걸치고 있는 천룡포를 가리켰다.

"그 천룡포, 상하게 하고 싶지 않으면 벗어두는 편이 좋을 거야."

장원극의 말에 무호성은 고개를 저었다.

"그럴 수는 없지."

"후회하지 말라고."

그 말과 함께 장원극의 신형이 그 자리에서 사라졌다. 순간적으로 그의 움직임을 놓친 무호성은 신경을 곤두세웠다.

파밧!

무호성의 발이 좌측으로 움직였다.

그와 동시에 장원극의 모습이 순간적으로 그 자리에 나타났다가 다시 사라졌다.

가히 보법만큼은 자신보다 한 수 위였다.

'멸화투보는 아니군.'

그렇게 생각하며 무호성은 천천히 주먹으로 진기를 모으며 주변에 신경을 집중했다.

파박!

무호성의 발이 이번에는 우측으로 움직였고, 그와 동시에 그의 오른 주먹이 앞으로 뻗어나갔다.

콰앙!

"오호~! 놀라운데? 이 속도를 잡아내다니."

무호성의 주먹과 자신의 뻗은 주먹이 정면으로 충돌했음에도 장원극의 표정에서는 여유가 사라지질 않았다.

"좀 더 높여볼까?"

장원극의 모습이 흐릿해졌다.

그리고는 찰나의 순간에 그의 뒤에 나타나 일권을 뻗었다. 무호성도 익히고 있는 붕천뇌우격의 초식이었다.

등 뒤에서 느껴지는 서늘한 기운에 무호성은 앞쪽으로 몸을 날리며 뒤쪽으로 몸을 틀어 쌍장을 뻗어냈다.

퍼엉!

장원극의 권경과 무호성의 장력이 허공에서 부딪치며 폭발음을 내었다.

그리고 그와 동시에 장원극의 신형이 또 한 번 흐릿해지는가 싶더니 어느새 그의 옆에 나타나 다시 한 번 일권을 찔렀다.

다급한 상황.

무호성은 주먹 대신 손바닥에 진기를 모아 그대로 그의 팔을 후려쳤다.

파앙!

큰 피해를 입히지는 못했지만 적어도 주먹의 궤도를 틀어 허공으로 향하게 하기에는 충분했다.

순간적인 대처로 위기에서 벗어났지만 무호성은 숨 돌릴 틈이 없었다. 또다시 장원극의 모습이 사라졌기 때문이다.

'눈으로 보려고 하면 필패다. 느껴야 한다.'

무호성은 자신의 오감을 활짝 열었다. 그리고 사방으로 기감을 뻗어 장원극의 움직임을 잡아내기 위해 노력했다.

지금까지는 그림자조차 잡아내기 어려웠던 그의 움직임이 희미하게나마 느껴지기 시작했다.

'왼쪽.'

장원극의 움직임을 잡아낸 무호성이 왼쪽으로 주먹을 찔렀다. 마주 찔러오는 그의 주먹과 부딪치며 충격이 팔을 타고 전해져 왔다.

하지만 무호성은 전혀 개의치 않다는 듯 다음 공격을 준비하고 곧장 출수했다.

쾅!

또다시 서로를 향한 공격이 정면충돌했다.

두 번이나 연이어 자신의 공격을 미리 알고 대응해 오자 장원극의 표정이 점차 굳어갔다. 하지만 그의 목소리에서는 아직도 여유가 느껴졌다.

"대단하군. 이 속도를 잡아내다니."

장원극의 말에 무호성은 씨익 미소를 지어 보였다.

"놀라기는 아직 일러. 이제부터 시작이니까."

第三章
월천(月天)

신권무쌍

무호성과 장원극의 싸움은 치열하면서도 뭔가 여유가 느껴졌다.

서로를 쓰러뜨리기 위해 안간힘을 쓰면서도 입가에는 미소를 짓고 있었다. 적으로서 상대를 죽여야 한다는 생각과 무인으로서 신명 나게 싸울 수 있다는 사실이 이런 상황을 만들어내고 있었다.

퍼엉!

무호성이 아무도 없는 곳에 파천강탄포를 쏘았다.

하지만 잠시 후, 그 자리에 장원극이 나타났다가 사라졌다.

콰아앙!

일직선으로 날아간 강기가 전각 벽 한쪽을 허물고 사라졌다.

파천강탄포에 맞기 직전 사라졌던 장원극은 어느새 무호성의 뒤쪽에 나타나 강기가 맺힌 붕천뇌우격의 초식을 쏟아내고 있었다.

하지만 무호성은 멸화투보를 극성으로 펼쳐 거리를 벌림과 동시에 파멸진혼장을 이용해 다섯 번의 장력을 쏟아내었다.

퍼퍼퍼퍼펑!

무호성의 장력은 강기의 주먹과 충돌하며 흔적도 없이 사라졌다. 하지만 그사이 장원극과의 거리를 좁힐 수 있었다.

퍼퍼펙!

무호성의 주먹이 장원극의 몸통을 통타했다.

그가 거리를 좁혀올 것이라 예상하고 피하려 했지만 무호성이 조금 더 빨랐다.

이제는 장원극의 가공할 속도에 거의 따라가고 있는 무호성은 한층 여유롭고 부드러워진 공격을 펼쳐 내고 있었다.

하지만 장원극 역시 아직까지는 처음의 여유를 잃지 않고 있었다. 그 모습에서 무호성은 아직 숨겨둔 비장의 무언가가 있다는 것을 알 수 있었다.

그런 생각을 하고 있을 때쯤, 장원극의 기도가 바뀌기 시작했다.

움직임은 더욱 빨라졌고, 일권에 실리는 힘은 더욱 강해졌다.

하지만 그중 가장 큰 변화는 붕천뇌우격을 중심으로 펼쳐내던 그의 공격이 처음 보는 형태로 바뀌었다는 것이다.

'혈교의 무공인가?'

그렇게 생각하는 사이 장원극의 공격이 무호성의 사혈을 노리고 날아들었다.

종전과 비교했을 때 그 속도는 현격히 떨어졌지만 위력만큼은 몇 배나 강한 공격이었다.

무호성은 아랫배에 힘을 주고 단전에서 진기를 끌어올렸다.

하단전의 진기뿐만 아니라 중단전의 진기까지도 요동치며 자신들을 밖으로 내보내 달라며 아우성치고 있었다.

순식간에 무호성의 주먹이 강기로 휩싸였다.

지금 자신의 얼굴을 향해 날아오고 있는 공격을 막거나 이겨내려면 선택할 수 있는 것은 강기밖에 없었다.

콰앙!

주먹과 주먹이 충돌함과 동시에 두 사람의 몸이 멀찌감치 뒤로 밀렸다.

그만큼 서로를 향한 공격에 어마어마한 위력이 실렸다는 뜻이다.

"그간 사용하지 않았던 힘을 사용하게 만든 이상 네놈에게 남은 것은 저승길뿐이다."

장원극이 으르렁거리듯 말했다.

무호성은 긴장한 표정이 역력했다. 굳이 그가 그런 말을 하지 않았다 하더라도 풍겨오는 기도부터가 주변을 압도하고 있었다.

'이길 수 있을까?'

무호성이 침을 삼켰다. 하지만 그와 동시에 몸 안에서 요동치는 진기에 짜릿한 흥분도 느꼈다.

무호성의 입가에 미소가 번졌다.

                    *   *   *

결국 청로 도장과 당천신의 싸움은 당천신의 승리로 끝났다.

이겼지만 당천신은 분했다.

온몸에 생긴 수많은 자상과 거기서 흘러나오는 피 때문에 머리가 어지러웠다.

진기는 거의 바닥난 상태였고, 깊은 상처도 두 개나 있었다.

독왕이라는 칭호를 얻은 이후 한 번도 이런 적이 없었다. 때문에 자존심에 상처를 입은 상태였다.

요치우가 걱정스런 표정으로 그의 상태를 살피기 위해 다가갔지만 그는 거부했다.

몸은 죽겠다고 아우성을 치는데 상처 난 자존심 때문에 눈에 불꽃을 태우고 있는 그였다.

그를 보며 한숨을 쉬고는 요치우가 파천수호위를 바라보았다.

그들은 남궁여호와의 싸움 이후 내원으로 향한 무호성이 아직까지 돌아오지 않자 걱정스런 표정을 짓고 있었다.

애초에 따라가려 했지만 기다리고 있으라는 무호성의 전음에 이곳에 남은 것을 후회하고 있는 중이었다.

"아무래도 자네들이 한번 가봐야겠네."

"그렇게 하겠습니다."

요치우의 말에 풍호량이 기다렸다는 듯 파천수호위와 함께 내원 쪽으로 날아갔다.

"도대체 무슨 일이 벌어지고 있는지 모르겠구나."

요치우가 하늘을 올려다보며 중얼거렸다.

맑고 높은 하늘은 한없이 평화로워 보였는데 그 밑에서는 온갖 음모가 진행되고 있었다.

그것을 모르니 답답하기만 할 뿐이었다.

"후우……."

요치우가 작게 한숨을 쉬었다.

* * *

내원으로 들어온 파천수호위는 눈앞에 펼쳐진 광경을 믿을 수 없다는 듯 바라보았다.

무호성은 오공에서 피를 쏟으며 한쪽 무릎을 꿇고 있었고, 그 앞에는 장원극이 사악한 미소를 지으며 그를 내려다보고 있었다.

"주군!"

놀란 풍호량이 소리치며 무호성에게 다가가려 했다.

"오지 마!"

무호성이 파천수호위를 저지하며 소리쳤다. 그러자 장원극이 더욱 사악하게 미소 지으며 그들을 바라보았다.

"파천수호위인가? 배신자들이군. 파천문의 주인은 엄연히 난데 말이지."

"사문을 망가뜨린 네놈을 문주라 인정할 사람은 아무도 없다!"

풍호량이 소리쳤다. 그에 동조하듯 파천수호위의 몸에서 거대한 기운이 뿜어져 나왔다.

당장에라도 장원극을 향해 달려들 기세였다.

"오호~! 대단한 기세로군. 하지만 아무리 너희들이라 해도 날 이길 수 있을까?"

여유 만만한 장원극의 태도에 파천수호위의 몸에서 뿜어져 나오는 기운은 더욱 강해졌다.

"섣불리 움직이지 마! 너희들 상대가 아니야!"

무호성이 힘겹게 자리에서 일어나며 말했다. 오공에서 흘러나오던 피는 어느 정도 멈추었지만 치명상을 입은 탓에 숨 쉬는 것도 힘들어 보였다.

"난 아직 지지 않았다."

"누가 봐도 넌 졌다. 언제라도 내가 손가락 하나만 까딱하면 넌 바로 황천길이야."

장원극의 말에 무호성의 표정이 사납게 구겨졌다.

인정하기는 싫지만 맞는 말이었다.

자신은 패했고, 손가락 하나도 까딱할 힘이 없었다.

지금 이 순간 장원극이 출수한다면 목숨을 장담할 수가 없는 상황이었다.

'빌어먹을!'

강해도 너무 강했다.

도대체 이런 자를 어떻게 이긴단 말인가?

'사부님이라면 간단히 이겼을 텐데.'

무호성은 월천을 떠올렸다.

아무리 장원극이 강하다 한들 월천을 이길 수 있을 거라는 생각은 전혀 들지 않았다.

아니, 정확히 말하면 패해 쓰러지는 월천의 모습은 상상할 수가 없었다. 그 정도로 월천의 힘은 강하고 대단했다.

스슥.

파천수호위가 조심스럽게 한 발 앞으로 다가갔다.

무호성이 목숨을 잃을 수도 있는 절체절명의 상황에서 그를 구해낼 기회를 엿보고 있었다.

"너희들, 한 발자국만 더 움직이면 네놈들이 주군으로 모시는 이 녀석의 목숨은 장담 못한다."

장원극이 무호성의 이마에 손가락을 가져다 대며 말했다.

풍호량의 얼굴이 잔뜩 찌푸려졌다.

지금 이 순간 아무것도 할 수 없는 자신에 대한 분노가 머리끝까지 치밀어 올랐다.

퍼엉!

그런데 갑자기 장원극의 신형이 뒤쪽으로 날아갔다.

그의 바로 앞에서 뭔가가 폭발하여 그 충격에 밀려난 것처럼 보였다.

하지만 아무것도 폭발한 흔적이 없었다. 가까이 있던 무호성은 아무런 피해도 입지 않았으며 땅도 멀쩡했다.

오직 장원극의 몸만 십여 장 뒤로 튕겨져 나간 것이다.

"버러지 같은 놈."

그 말과 함께 하늘에서 누군가가 무호성의 곁으로 내려섰다.

"사부님!"

무호성의 눈이 크게 뜨였다.

실로 오랜만에 보는 모습.

그럼에도 하나 변한 것 없이 정정한 모습, 아니, 고강한 모습의 월천이 그의 앞에 나타난 것이다.

"많이 컸구나."

월천의 말에 무호성은 눈물이 날 것 같았다.

별말 아니었지만 그의 목소리를 듣는 것만으로도 지금까지 했던 고생이 떠올라 가슴이 복받친 것이다.

"처절하게 당했구나. 짧은 순간 무무의 경지를 맛보았지만 아직까지 그걸 완벽하게 네 것으로 만들지 못해서 그렇다."

월천의 말에 무호성은 한 가지 상황이 머릿속에 스쳐 지나갔다.

남궁여호와의 싸움에서 있었던 일.

자신을 제외한 주변 모든 것의 시간이 느리게 흘러가는 것만 같았던 그 경험.

'그것이 무무의 경지인가?'

"윽!"

무호성이 짧은 신음을 토해내었다.

월천의 등장으로 긴장이 조금 풀어진 탓에 온몸이 통증을 호소하고 있는 것이었다.

"풍호량."

"예? 예!"

갑작스런 월천의 등장에 멍하게 있던 파천수호위는 그의 부름에 화들짝 놀라며 다가갔다.

"오랜만이구나. 많이 늙었어."

"주군은 그대로이십니다."

풍호량의 말에 월천은 고개를 저었다.

"자네들의 주군은 이제 내가 아니라 이 아이지."

팟!

월천의 손이 보이지 않을 정도로 빠르게 무호성의 뒷덜미를 스치고 지나가자 그는 곧바로 의식을 잃었다.

"섬서성 안새현으로 데려가라. 내 거처가 있다."

"알겠습니다."

풍호량이 피 떡이 된 무호성을 들쳐 업고는 그대로 그 자리를 벗어났다.

무호성과 파천수호위가 멀어지는 것을 보고 있던 월천이 이제는 힘겹게 몸을 일으키고 있는 장원극 쪽으로 시선을 돌렸다.

"사백."

인상을 찌푸리며 몸을 일으킨 장원극이 월천을 바라보며 말했다.

"누가 네 사백이냐."

월천이 낮게 읊조렸다. 하지만 그 한마디에서는 하늘같은 기백이 느껴졌다.

"그럼 뭐라 불러야 하나, 늙은이?"

장원극의 말투가 바뀌었다.

중원 최강이라는 월천의 앞에서도 그는 전혀 두려워하는

기색을 보이지 않았다.

오히려 기분이 좋은 듯 입꼬리가 말려 올라가고 있었다.

"놈!"

콰콰콰콰콰!

월천이 살짝 앞으로 내디딘 발에 힘을 주자 그대로 바닥이 푹 꺼지더니 돌덩이들이 공중으로 떠오르기 시작했다.

"감히 사문을 기만하고 중원을 피로 물들이려 한 놈!"

"크크크크! 이제까지 힘없는 제자만 내려보내고 자신은 뒤에서 구경하고 있더니 무슨 바람이 불어서 이러시나? 크크크!"

장원극의 기도가 또 한 번 변했다.

눈은 눈동자까지 완전히 붉게 물들었고, 손과 목, 얼굴까지 겉으로 드러난 부분에 붉고 굵은 선들이 생겨났다.

마치 지옥의 괴물을 연상케 하는 모습이었다.

남들이 보면 공포에 떨 만한 모습에도 월천의 얼굴 표정은 조금도 변하지 않았다.

마음의 평정을 유지한 채 그의 변화를 바라보던 월천이 중얼거렸다.

"제대로 넘어갔구나. 예상하지 못했던 것은 아니지만."

"크크크! 넘어가? 그렇게 생각하면 섭하지."

그 말에 월천의 눈썹이 살짝 꿈틀거렸다.

"원래부터 혈교였던 건가?"

"적어도 난 그렇지. 진짜 장원극은 아니었지만."

"그랬군, 그랬던 거였어."

월천이 탄식하듯 중얼거렸다. 그리고는 목소리에 힘을 주어 말했다.

"적어도 네놈은 여기서 살아 돌아가지 못할 줄 알아라."

"늙은이, 지금은 남 걱정할 때가 아니라 당신 걱정을 해야 할 때라고."

슈슉!

장원극의 신형이 사라지는가 싶더니 월천의 왼쪽에 나타나 주먹을 뻗어내고 있었다.

"죽어라!"

펑!

장원극의 주먹이 월천의 몸통을 관통하고 지나갔다. 하지만 그의 얼굴은 귀신에 홀린 것 같은 표정을 짓고 있었다.

장원극의 주먹이 관통한 순간 월천의 몸이 흐릿해지더니 연기처럼 흩어진 것이었다.

장원극이 때린 것은 월천의 허상일 뿐이었다.

"느리구나. 이제는 저승으로 가거라."

뒤쪽에서 들려오는 월천의 목소리에 장원극은 깜짝 놀라 뒤쪽으로 일격을 날렸다.

하지만 이번에도 그의 주먹은 허상을 관통했을 뿐이다.

퍽!

장원극의 몸이 옆쪽으로 활처럼 휘어졌다.

언제 맞았는지는 모르겠지만 옆구리에서 지독한 통증이 밀려오고 있었다.

퍽!

"크윽!"

이번에는 등이었다.

고통에 신음하면서도 장원극은 지금의 상황을 믿을 수 없다는 표정을 짓고 있었다.

기척도 느끼지 못했고, 공격이 들어올 때의 기운도 느끼지 못했다.

둘 중 하나라도 느낄 수 있었다면 이렇게 속수무책으로 맞고 있지는 않았을 것이다.

하지만 지금은 마치 유령을 상대하는 듯한 착각이 들 정도로 월천의 신위는 신출귀몰했다.

퍽!

장원극이 눈을 부릅떴다.

너무나 지독한 고통에 신음도 나오지 않았고 숨도 쉴 수가 없었다.

그의 고개가 천천히 아래로 내려갔다.

시선은 자신의 앞에 서 있는 월천을 지나 자신의 몸을 바라보았고, 움푹 들어간 심장 부위에 닿았다.

언제 맞았을까?

어떻게 맞았을까?

어떤 공격이었지?

알 수 있는 것은 하나도 없었다. 한 가지 확실한 것은 자신의 심장이 더 이상 제 기능을 할 수 없게 되었다는 사실이다.

"원래 내가 있어야 할 지옥으로 돌아가라."

그 말을 남기고 월천은 몸을 돌렸다.

뒷짐을 진 채 천천히 걸어가며 절대 강자의 풍모를 풍기는 월천의 모습을 마지막으로 눈에 담은 채 장원극은 목숨을 잃었다.

*   *   *

외원에서 파천수호위와 무호성이 돌아오기만을 기다리고 있는 사람들의 얼굴에는 초조한 기색이 스쳐 가고 있었다.

무호성도 그렇고 파천수호위까지 내원에 들어가서는 아직까지 돌아오지 않고 있었으니 도대체 어떻게 된 영문인지 알 수가 없었다.

모두가 답답해하고 있던 그때 그들의 앞에 누군가가 불쑥 나타났다.

그의 등장에 천마와 요치우, 당천신은 놀란 표정을 지었다.

뒷짐을 진 채 덤덤한 표정을 짓고 있는 노인.

바로 월천이었다.

그를 한 번도 본 적이 없는 사람들도 풍기는 기도만으로 월천임을 짐작할 수 있었으니, 얼마나 대단한 존재감을 뿜어내는지 알 수 있었다.

"다들 오랜만이군."

"오랜만에 뵙습니다."

요치우가 월천에게 공손히 말했다. 거동이 불편한 당천신역시 잔뜩 화가 나 있던 표정을 풀고 힘겹게 예를 취했다.

다만 천마만이 꼬장꼬장한 자존심을 내세워 허리를 굽히지 않고 있었다.

하지만 그 역시도 월천을 보는 순간 옛 기억이 떠올라 다리가 후들거리는 것은 어쩔 수 없었다.

'젠장. 오십 년이나 지났는데 이놈의 몸뚱어리는 정확하게 기억하고 있군.'

후들거리는 다리를 애써 진정시키며 천마가 씁쓸한 미소를 지었다.

"어떻게 오셨습니까? 그보다 무호성과 파천수호위가 내원에 들어가서는 아직까지 나오지 않고 있습니다."

"알고 있네. 그 때문에 잠시 들른 것일세."

월천의 말에 요치우는 안도감을 느꼈다. 월천이 알고 있다면 혹여나 그들에게 무슨 일이 생겼다 하여도 무난하게 끝났을 것이라는 생각 때문이었다.

"호성이 그 아이는 내가 잠시 데려가겠네. 파천수호위까지 모두 다."

"그러시겠습니까?"

지금은 상황이 좋지 못한 때다. 그런 상황에서 무호성이 빠진다면 정도 쪽의 전력에는 크나큰 차질을 빚을 수 있었다.

하지만 어쩌겠는가? 최강자가 나타나 자신의 제자를 데려가겠다고 하는데.

자신에게는 그에 반대할 힘이 없었다.

"어, 어디로 데려가는 건가요?"

남궁소소가 용기를 내어 물었다. 그러자 월천이 그녀를 바라보며 부드러운 미소를 지었다.

"그 녀석이 워낙 허약해서 몸보신 좀 시켜야 할 것 같아서 데려가려 한단다. 오래 걸리진 않을 게다."

월천의 말에 남궁소소는 콩닥거리는 가슴을 뒤로하고 고개를 끄덕였다.

"자네의 제자인가?"

월천이 이번에는 금영령에게 시선을 고정시킨 채 천마에게 물었다.

잠시 딴생각을 하고 있던 천마가 화들짝 놀라며 황급히 대답했다.

"그, 그렇다고 할 수 있지."

"가진바 능력을 육신이 따라가지 못하는 형국이군. 보아하니 인위적으로 그릇을 만들어준 모양인데, 그릇과 마음과 정신이 아직 일체화되지 못하고 있어. 다듬으면 뛰어난 인재가 되겠지만 아직 멀었군."

월천은 금영령의 상태를 정확하게 꿰뚫어 보고 있었다. 잠시 말을 끊은 그가 이번에는 금영령에게 부드러운 어투로 말했다.

"무공은 머리로 이해하고 펼쳐 내는 것이 아니다. 마음으로 펼쳐 내는 거지. 마음이 움직여야 몸도 따라 움직이듯 무공 역시 마찬가지다. 네 마음을 편안하게 맡기려무나. 지금은 거추장스럽고 거부감이 들지 모르겠지만 오히려 그런 것은 역효과를 낼 수 있단다. 무공은, 더 쉽게 말해서 내공이라는 녀석은 이상한 성격을 가지고 있지. 주인이 자신을 인정하지 않으면 그 녀석도 주인을 인정하지 않아. 손은 내밀어주길 바라는 것이 아니라 먼저 내미는 것이란다."

월천의 말에 금영령은 자신도 모르게 고개를 끄덕였다. 지금까지 천마신공을 익히고 수련하고 싸움을 해오면서 어딘지 모르게 불편한 느낌을 받아온 그녀이다.

뭔가 부자연스럽고 거친 느낌.

하지만 지금까지 금영령은 그것을 자신의 탓이라 생각하지 않았고, 크게 개의치 않았다.

어차피 이번 싸움이 끝나면 미련없이 버릴 것이라는 생각 때문이었다.

그런데 지금 월천의 말을 듣는 순간 머릿속을 강타하고 지나가는 무언가가 있었다.

"감사합니다."

금영령이 공손하게 허리를 굽히며 말했다. 목소리에서 뭔가 홀가분해진 기분을 느낄 수 있었다.

"쓸데없이 주저리주저리 떠들었군. 이제 가봐야겠어."

월천이 주변을 한 번 훑어보더니 몇 걸음 걸어가다가 다시 발걸음을 멈추었다.

"마지막으로 한마디 하지. 무림맹을 조심하도록."

"그게 무슨……."

요치우가 자세한 것을 묻기도 전에 월천의 신형은 저 멀리 보이지 않는 곳에 가 있었다.

빛처럼 빠른 속도였다.

"무림맹을 조심하라니……."

요치우의 마음속에 한줄기 불안감이 고개를 들었다.

＊　　　＊　　　＊

중원에 또다시 충격적인 소문이 퍼져 나갔다.

맹주 구양진공의 죽음.

그리고 구양세가의 몰락.

이 두 가지 소식은 무호성 일행이 파천문으로 향함으로써 끝이 보이는 듯했던 현 사태에 또 한 번의 의문부호를 던져

주었다.

과연 이 싸움은 끝이 날 것인가?

맹주가 죽은 상황에서 앞으로 무림맹은 어떻게 될 것인가?

이런 의문들이 사람들의 머릿속을 가득 메우고 있었다.

파천문을 떠나 무림맹으로 복귀하던 일행도 이러한 소문을 듣고 엄청난 충격을 받았다.

구양진공의 죽음과 구양세가의 몰락이 앞으로의 판도에 어떤 영향을 미치게 될지 불 보듯 뻔했기 때문이다.

"허! 어떻게 이런 일이!"

요치우가 허탈한 듯 말했다.

적은 건재하다. 그런데 정도무림에만 계속해서 사단이 벌어지고 있었다.

내적으로 튼실해야 그 어떤 평지풍파에도 견뎌낼 수 있건만 지금의 정도무림은 뿌리부터 흔들리고 있었다.

구파일방과 오대세가.

정도의 상징이라는 그들이 버젓이 존재하고 있음에도 비웃기라도 하듯 사단이 벌어지고 있었다.

자존심 상하는 일이기도 했고, 그간 쌓여왔던 문제들이 이런 식으로 터지는 것이기도 했다.

"어떻게 생각하나?"

요치우가 당천신에게 물었다.

청로 도장과의 싸움에서 큰 부상을 입었던 그는 생각보다 빠른 속도로 회복하고 있는 중이었다. 지금은 거의 완치 단계에 이른 상태였다.

"의심스런 부분이야 많지."

당천신의 말에 요치우가 눈을 동그랗게 뜨며 물었다.

"자네 생각은 뭔가?"

"난 단일풍 그놈이 가장 의심스러워."

"무상이?"

"그래. 원래부터 맹주 자리를 탐냈던 놈이기도 하고, 혈교와의 싸움에서 무림맹에 계속해서 일이 터지자 구양진공에 대한 신의는 바닥으로 떨어지고 있었어. 맹주 직을 빼앗으려 한다면 지금이 적기지."

당천신의 가설은 그럴싸했다. 하지만 요치우는 고개를 저었다.

"그럴 리가."

"솔직히 난 이번에 있었던 일도 그놈하고 연관이 있는 건 아닐까 하는 의심이 드는데."

당천신의 말에 요치우가 생각에 잠겼다.

단일풍과 청로 도장, 자검, 그리고 남궁여호.

네 사람 모두 남궁세가에서 벌어졌던 사단과 관련이 있는 사람들이었다.

그런데 그들 중 단일풍만 살아 돌아왔고, 나머지 사람은 혈교의 편에 서서 적이 되어 나타났다.

충분히 의심을 해볼 수 있는 상황이었다.

"가설은 가설일 뿐이지만 조심한다고 해서 나쁠 건 없지. 그분도 무림맹을 조심하라고 하지 않았나?"

당천신의 말에 요치우가 고개를 끄덕였다.

믿고 싶지는 않지만 일단은 의심을 해서 나쁠 것은 하나도 없었다.

"정도니 뭐니 하면서 잘난 척해도 결국에 가서 온갖 음모와 꼼수를 부리는 것은 역시나 정도다. 언제나 그래 왔지."

그때 천마가 두 사람의 대화에 불쑥 끼어들어 말했다. 당천신이나 요치우의 입장에서는 기분 나쁜 말이었지만 그렇다고 반박할 수 없는 사실이기도 했다.

"일단은 서두르지. 장강에 가서 수로채에 부탁하면 금방이니까."

요치우의 말에 당천신도 동의했다. 수로채의 도움을 받으면 혹시 모를 위험에서 어느 정도 안심할 수도 있었고, 무엇보다 육로보다는 뱃길을 이용하는 것이 훨씬 빨랐기 때문이다.

"걱정이구만."

당천신이 조용히 읊조렸다.

第四章
무무(無武)의 경지

신권무쌍

파천문으로 원정을 갔던 일행이 무림맹으로 돌아가고 있을 때, 무호성은 풍호량의 등에 업혀 안새현으로 향하고 있었다.

진기의 흐름이 약했지만 다행히 호흡은 일정했다. 다만 의식을 잃었다가 되찾기를 반복하고 있어 풍호량의 얼굴에는 근심이 가득했다.

월천이라도 함께 이동하고 있었다면 중간 중간 상태를 살필 수 있었을 텐데 풍호량은 그런 수준의 의술을 가지지 못했다.

그 때문에 지금 그들이 할 수 있는 것이라고는 그저 하루라도 빨리 안새현에 도착하는 것뿐이었다.

풍호량과 파천수호위는 무호성의 상태가 위험하다 싶을 때와 내력을 보충할 때를 제외하고는 쉬지 않고 달렸다.

그렇게 파천수호위는 강소성을 출발하여 보름 만에 섬서성까지 주파할 수 있었다.

모두가 내력이 거의 바닥날 정도로 쉬지 않고 달렸기 때문에 가능한 일이었다.

섬서성에 도착한 파천수호위는 속도를 줄였다.

안새현까지 그다지 멀지 않은 것도 이유였고, 파천화진공의 효능으로 무호성이 어느 정도 회복한 것도 이유였다.

정신을 차린 무호성은 자신을 바라보고 있는 파천수호위의 눈길을 느끼며 몸을 일으켰다.

"어떻게 된 거야? 사부님은?"

"여기는 섬서성입니다."

"섬서성?"

"네. 이리로 데려가라 하셨습니다."

"그랬구나!"

무호성은 마음이 편해지는 것을 느꼈다. 고향에 돌아온 느낌이었다. 하지만 이내 다른 사람들 걱정에 안색이 어두워졌다.

그런 무호성의 마음을 알아차린 풍호량이 미소를 지으며 걱정 말라는 듯 말했다.

"지금은 몸을 회복하는 것에만 신경 쓰십시오. 다른 사람들은 괜찮을 겁니다."

"그래."

풍호량의 말에 고개를 끄덕인 무호성이 두 다리로 일어섰다. 힘들기는 했지만 걷는 것 정도는 할 수 있을 듯했다.

"가자."

무호성이 앞장서 걷자 파천수호위가 그 뒤를 따랐다.

안새현에 도착한 무호성은 감상에 젖어들었다.

그동안 정신없이 지내오면서 잊고 지냈던 옛 기억들이 새록새록 피어나자 자신도 모르게 입가에 미소가 번졌다.

그 모습을 보며 파천수호위도 흐뭇한 미소를 짓고 있었다.

"저곳이 내가 자주 가던 객점이야. 주인아저씨하고 점소이가 굉장히 친절했는데."

무호성이 허름한 객점 하나를 가리키며 말했다.

"들러보시겠습니까?"

풍호량의 물음에 무호성은 가만히 고개를 저었다.

"아니야. 일단은 사부님부터 뵈어야지."

무호성의 말에 그와 파천수호위는 월천의 거처로 먼저 발걸음을 옮겼다.

월천의 거처에 도착한 무호성은 낯익은 얼굴을 발견하고

는 미소를 지었다.

운남에 갔을 때 이곳으로 보냈던 성화란이었다.

화려하게 치장하고 기루의 루주로 생활하던 모습과는 달리 지금은 그저 평범한 시골 여인의 모습을 하고 있었다.

허리춤에 소쿠리를 끼고는 부지런히 움직이는 모습이 낯설었지만 그럼에도 그녀의 미모는 여전히 빛을 발하고 있었다.

"잘 지냈소?"

무호성이 그녀에게 말을 건넸다. 정신없이 일을 하느라 그가 온 것도 모르고 있던 성화란이 잊을 수 없는 목소리에 눈을 동그랗게 뜨고는 천천히 고개를 돌렸다.

고개를 돌린 성화란의 눈에 환하게 웃고 있는 무호성의 모습이 비쳤다.

"은공!"

성화란이 소쿠리를 바닥에 내려놓고 그에게 달려갔다. 진심으로 반가워하는 모습이었다.

"오랜만이오."

"그래요. 정말 오랜만이에요."

"불편한 점은 없었소?"

무호성의 물음에 성화란이 미소를 지으며 가만히 고개를 저었다.

"정말 편해요. 물론 몸은 좀 힘들지만 마음만큼은 그 어느 때보다 편하게 지내고 있답니다. 모두 은공 덕분이에요. 어르신도 너무 잘 대해주시고요."

그녀의 대답에 무호성이 미소를 지으며 고개를 끄덕였다.

"아직 시집은 안 갔소?"

"네?"

"설마, 아직까지 혼자 살고 있는 거요?"

"저 같은 천한 것에게 누가 관심을 가지겠어요?"

성화란이 고개를 숙이며 씁쓸하게 대답했다. 그러자 무호성이 가만히 고개를 저으며 말했다.

"이렇게 아름다운 여인을 아직까지 홀로 내버려 두다니. 세상 남자들이 복에 겨운 모양이오."

"어머? 은공께서는 그동안 말주변만 느신 모양이에요."

성화란은 부끄러워하면서도 싫지는 않은 듯 환하게 웃었다.

"사부님은, 아직 안 오셨소?"

"네. 어르신은 아직 안 오셨어요."

"그렇군."

무호성이 고개를 끄덕이며 주변을 둘러보았다. 세월의 흔적이 여기저기 묻어 있기는 했지만 자신이 떠나올 때와 조금도 변하지 않은 모습에 절로 마음이 푸근해졌다.

"아차! 내 정신 좀 봐. 저쪽에 앉아서 잠시 기다리세요. 얼른 차 내올게요."

그렇게 말하며 성화란이 후다닥 부엌으로 달려갔다. 그 모습에 무호성이 다시 한 번 미소를 지었다.

"풍호량."

"네, 주군."

"어디든 가서 좀 쉬어. 고생했잖아. 당분간은 다 잊고 맘 편히 지내자고."

"알겠습니다."

풍호량이 살짝 허리를 굽히며 대답했다. 그리고는 파천수호위와 함께 그 자리에서 사라졌다.

"어머? 다른 분들은요?"

성화란이 커다란 상에 여러 개의 찻잔을 올려놓고 힘겹게 들고 나오며 물었다. 파천수호위 것까지 전부 준비를 해 나온 모양이었다.

"신경 쓰지 마시오. 다들 쉬러 갔으니까."

"저런. 다들 차라도 한 잔씩 하고 가시지."

성화란이 아쉽다는 표정을 지었다. 그리고는 무호성 앞에 찻잔 한 개를 놓고는 조심스레 차를 따랐다.

이윽고 두 사람 사이에 이야기꽃이 폈다.

성화란은 기루를 떠나 이곳에 와 지내면서 있었던 일들을 털어놓았고, 무호성은 적당히 거를 것은 걸러가며 그간 있었던 일들을 들려주었다.

서로의 이야기를 들으며 함께 웃고 우는 사이 그들에게 다가오는 기척이 느껴졌다.

낯익은 느낌.

결코 잊을 수 없는 기운.

무호성이 천천히 입구 쪽으로 시선을 돌렸다.

그곳에는 흰 수염을 길게 늘어뜨린 월천이 들어오고 있었다.

"도착했구나."

"사부님!"

무호성이 그의 앞으로 달려가 무릎을 꿇고 절을 했다.

그런 무호성을 월천은 흐뭇한 표정으로 바라보았다. 품을 떠나 이만큼이나 성장한 제자를 보는 사부의 마음이 기쁘지 않을 리 없었다.

"몸은 좀 괜찮아졌느냐?"

"완전치는 않지만 많이 좋아졌습니다."

월천은 고개를 끄덕였다.

파천화진공의 효능을 누구보다 잘 아는 그였다.

비록 그날 무호성이 입은 내, 외상이 심각한 수준이었다고는 하지만 시간이 조금 더딜 뿐 충분히 파천화진공만으로도 나을 수 있을 거라 판단하고 있는 그였다.

"다행이구나."

월천의 말에 무호성은 고개를 끄덕였다.

"사부님께 여쭤보고 싶은 것이 정말 많습니다."

무호성은 그간 자신의 머릿속을 가득 채우고 있던 여러 가지 의문들을 떠올렸다.

그것들 중 대부분은 사부를 만나야 풀릴 것 같았기에 이번 기회를 빌어 모두 풀어내려는 생각이었다.

"일단은 몸부터 완전히 회복하거라. 그런 다음에 얘기하자 꾸나."

"알겠습니다."

그렇게 말한 월천이 자신의 방으로 걸어가다가 발걸음을 멈추고 한마디 덧붙였다.

"모든 의문이 풀리거든 그때는 파천문 무공의 새로운 경지를 보여주겠다."

월천의 말에 무호성은 두 눈을 동그랗게 떴다.

그가 말하는 새로운 경지라는 것이 무무의 경지가 분명했기 때문이다.

파천화진공을 대성하고 붕천뇌우격과 멸천진혼장, 멸화투보가 극성에 이른 지금도 장원극과의 싸움에서 패했다.

하지만 월천은 중원에서 적수를 찾을 수 없었을 정도로 최강으로 이름을 떨쳤다.

그 차이는 무무의 경지에 있다고 확신하던 그다.

"무무의 경지에 들면 더 이상 몸에 피 칠을 할 일도, 무릎을 꿇을 일도 없을 것이다."

월천의 덤덤한 말에 무호성은 오싹함을 느꼈다.

두려움도 무엇도 아닌 말 그대로 짜릿한 희열이었다.

또한 광오함마저 느껴지는 절대 경지에 대한 지독한 기대감이기도 했다.

"알겠습니다."

무호성이 대답했다.

지금은 일단 그의 말처럼 몸을 회복하는 데 집중해야 할 시기였다.

무호성의 눈이 밤하늘의 별처럼 반짝이기 시작했다.

삼 일 동안 무호성은 내상 치료에 전념했다.

밖으로 나가는 일도 거의 없었고, 틀어박혀서 운공에만 몰두했다.

게다가 마음이 편안하니 그 속도는 훨씬 더 빨랐다.

삼 일 밤낮에 걸쳐 내상을 치료하고 밖으로 나온 무호성의 눈빛은 그 어느 때보다 맑았다.

내상을 치료하면서 그간 쌓인 피로도 싹 풀렸고, 체내의 탁기도 모두 배출되었던 것이다.

지금 이 순간 무호성은 내상도 완벽히 나았을 뿐만 아니라 예전보다 훨씬 더 정순한 내공을 몸속에 지닐 수 있게 되었다.

저녁 식사를 마치고 해가 거의 다 저물어 어둠이 짙게 깔릴

무렵, 무호성은 월천과 마주 앉아 있었다.

그간의 의문을 풀기 위함이었다.

"좋아 보이는구나."

"예. 그 어느 때보다 지금이 좋은 것 같습니다."

무호성의 입가에 은은한 미소가 번졌다.

가만히 있어도 기분이 좋은, 그런 상태였다.

"궁금한 것이 많을 것이다."

먼저 말문을 연 쪽은 월천이었다.

언제고 이런 날이 한 번은 올 것이라 예상하고 있었기 때문에 마음의 준비를 하고 있었다.

"많습니다. 왜 저를 그 상태로……. 아니, 왜 제게 금제를 가하셨습니까?"

무호성의 질문에 월천이 지그시 눈을 감았다.

잠시 입을 닫고 생각에 잠겼던 그가 다시 눈을 뜨고는 천천히 입을 열었다.

"일부러 금제를 가한 것이 아니라 할 수밖에 없는 상황이었다. 정확히 말하자면 너에게 한 것이 금제가 아니라는 뜻이다."

"……."

무호성은 그가 무슨 말을 하는지 알 수가 없었다.

분명 자신의 몸에 걸려 있던 것은 금제였고, 지금까지 숱한 상황을 겪어 오면서 풀어내지 않았던가?

"내가 너를 처음 봤을 때, 너는 도저히 살 수 있는 상태가 아니었다. 정신적으로 너무나 큰 충격을 받은 상태였고, 굳이 그것이 아니더라도 외적으로 치명상을 입고 있었지. 사실 나도 너를 포기하려고 했었다."

월천이 잠시 말을 끊었다. 무호성은 재촉하지 않고 입을 꾹 다문 채 그의 말을 기다리고 있었다.

"미약하게 숨이 붙어 있는 너를 차마 두고 갈 수가 없어 이곳으로 데려왔다. 몸에 난 상처에 금창약을 바르고 끊어져 가는 숨을 붙들기 위해 진기를 불어넣었다. 열흘 밤낮을 넌 의식을 잃고 끙끙 앓았지. 멀쩡히 살아 눈을 뜬 것이 기적이었다."

확실하지는 않지만 어렴풋하게 남아 있는 기억이 있었기에 무호성은 항상 월천에게 감사하는 마음을 가지고 있었다.

"문제는 그게 아니었지. 네 사지는 도저히 완치될 수 있는 성질의 것이 아니었다. 어디서 굴렀는지는 모르겠지만 팔다리가 전부 부러져 있었지. 아니, 부러지다 못해 가루가 되어 있었다. 부목을 대고 뼈가 붙기를 기다릴 단계가 아니었다는 뜻이다. 비록 의술에 해박하지는 않지만 의원에게 보여 안 되겠다는 소리를 듣는 것보다는 나을 것 같아 진기로 가루가 된 네 뼈를 보듬었다. 닷새 동안 보듬은 끝에 겨우겨우 찌꺼기 하나 남기지 않고 형태를 맞춰놓았다. 하지만 그것만으로는 위험하기 짝이 없었다. 그래서 내가 취한 방법이 네가 알고 있는 금제다."

어떻게 했다는 뜻일까?

무호성의 궁금증은 더욱 커져만 갔다.

"약해진 뼈를 진기로 붙들어놓았다. 붙는 것은 빠를지 몰라도 못 먹어 허약해진 뼈는 깨지기 쉬운 자기와 같았다. 그래서 진기로 뼈를 고정시켜 놓았지. 뼈뿐만 아니라 각 관절에 진기를 보내 성장을 억제시켜 놓았다."

월천의 말에 무호성은 이제야 이해가 간다는 듯 고개를 끄덕였다.

"그럼 제게 무공을 가르쳐 주셨을 때, 그리고 사문으로 보내기 전에 왜 그 진기들을 거두어가지 않으셨습니까?"

무호성이 또 한 번 물었다.

"흙 위에 또 흙이 쌓이고, 그 위에 또 흙이 쌓이면 단단해져 돌처럼 되게 마련이다. 네 상태 또한 그러했지. 거두려 하지 않은 것이 아니었다. 어찌 된 영문인지 내가 주입했던 진기는 네 뼈와 관절에 달라붙어 떨어지지 않았다. 수십, 수백 년의 세월이 흘러 돌처럼 딱딱하게 굳어버린 흙처럼."

월천의 말에 무호성이 가장 궁금했던 것을 입 밖으로 꺼냈다.

"그럼 저를 사문에 보내셨을 때, 이 모든 것을 알고 계셨습니까?"

무호성의 질문에 월천은 올 것이 왔다는 표정을 지었다. 그리고는 씁쓸한 미소를 지으며 고개를 저었다.

"한 치 앞도 알 수 없는 것이 세상일인데 어찌 이 모든 것을 알았을까. 다만 짐작하고 있었을 뿐이다. 내가 네게 서찰을 주어 내려보냈을 때, 천기를 읽어 심상치 않은 일이 있을 거라는 생각은 했지만 늦었던 게지."

월천이 무호성을 내려보냈을 때에는 아직까지 그의 사제인 도훤이 문주 자리에 앉아 있었다.

만약 월천이 단 일 년 만이라도 일찍 천기를 읽었다면 지금의 상황은 크게 달라져 있을 것이 분명했다.

"네게는 미안한 마음이 크구나. 고생만 시켰어."

월천의 목소리에는 힘이 없었다.

얼마 전 파천문에 나타나 손쉽게 장원극을 쓰러뜨렸던 모습은 온데간데없었다.

"하지만 한편으로 기쁘기도 하다. 네가 이렇게 성장하고 엄연한 무인으로 거듭났으니까."

무호성은 묻고 싶은 것이 많았다.

하지만 지금 이 순간 머릿속에는 아무것도 떠오르지 않았다.

"사부님……."

"현재의 상황에 대해서 정확하게 알고 있는 것은 없다. 다만 무림맹은 조심해야 하겠더구나. 심상치 않은 기운이 넘실거리고 있다."

월천의 말에 무호성이 인상을 찌푸렸다.

무림맹 자체가 위험한 곳이라는 이야기로 들렸기 때문이다.

"설마……."

"더 이상 자세한 것은 나도 모른다. 하지만 확실한 것은 모든 일이 무림맹을 중심으로 돌아가고 있다는 것이다."

월천의 말에 무호성은 빠르게 여기저기 난립한 생각들을 정리하기 시작했다.

"가봐야 할 것 같습니다."

"지금 이 상태로 간다면 결국 그들이 원하는 대로 모든 것이 흘러갈 뿐이다."

월천의 말에 무호성은 작게 한숨을 쉬었다.

그런 그를 보며 월천이 한마디 말을 내뱉었다.

"오래 걸리진 않을 게다. 지금부터 보여주마, 무무의 경지를."

무호성의 눈이 반짝였다.

대화가 끝난 직후 월천과 무호성은 모옥 뒤쪽에 있는 동굴 속으로 들어갔다. 예전부터 무호성이 수련을 하기 위해 자주 찾던 곳이었다.

오랜만에 동굴에 들어온 무호성은 또 한 번 감상에 젖었다. 하지만 곧바로 들려온 월천의 목소리에 다시 긴장하기 시작했다.

"이곳에서 꼬박 나흘을 보낼 것이다."

무호성의 눈이 살짝 커졌다.

새로운 경지에 들어서기 위한 수련을 어찌 나흘 만에 끝낼 수 있을까?

사부인 월천을 못 믿는 것이 아니었다.

과연 자신이 그 가르침에 따라갈 수 있을지 자신이 없었다.

"긴장되느냐?"

"예."

"걱정되느냐?"

"······."

무호성은 대답하지 않았다. 하지만 월천은 알았다는 듯 고개를 끄덕였다.

"할 수 있을지 없을지를 걱정하는 것은 어리석은 일이다. 해야만 하는 일이라면 부딪쳐야 한다. 부딪쳐야 되든 안 되든 결과가 나오는 법이지. 부딪치지 않으면 그러한 결과도 나오지 않는다. 그저 머릿속을 맴돌며 걱정만 안겨줄 뿐이지."

월천의 말에 무호성이 고개를 끄덕였다.

"안 될 거라 생각하지 마라. 꼭 해내야 한다 생각하지 마라. 자연스럽게, 순리의 법도에 따르는 것이 바로 지름길이다."

월천의 말을 들으며 무호성은 마음을 차분히 가라앉혔다.

그리고 머리를 차갑게 하며 온갖 잡념을 떨쳐 내려고 노력했다.

"억지로 애쓸 필요는 없다. 자연스럽게. 너무 경직되어 있어. 육신이 경직되고 쓸데없는 힘이 들어가면 머리는 오만가지 생각을 떠올리게 되지. 반대로 육신이 편안하면 정신은 자연스럽게 무의식에 들어간다. 잠들 때를 생각해 봐라."

월천의 말에 무호성은 심호흡을 하며 천천히 몸을 이완시켰다.

힘을 빼고 호흡을 가다듬으며 긴장감으로 인해 미친 듯이 뛰고 있는 심장을 안정시켰다.

'조금 더……'

그런 생각을 하다가 무호성은 작게 도리질을 쳤다.

이런 생각까지도 없어야 한다.

무호성은 눈을 감았다.

천천히 그의 정신이 잡념들을 떨쳐 버리기 시작했고, 그의 육신은 자세를 유지할 정도의 아주 소량의 힘만을 남겨둔 채 세포 하나하나를 이완시켰다.

그렇게 무호성은 무의식에 빠져들었다.

나흘의 시간은 쏜살같이 흘러갔다.

해가 떴다가 지고 달이 떴다가 지는 현상이 네 번 벌어졌을 때, 동굴에서 한 사람이 걸어나왔다.

흰 수염을 드날리며 뒷짐을 진 채 걸어나오는 사람.

월천이었다.

밖에서 기다리고 있던 풍호량이 그에게 다가갔다.

"어떻게 되었습니까?"

"걱정 말게. 곧 나올 게야."

월천의 말이 무엇을 뜻하는지 알아차린 풍호량의 표정에는 진심으로 기쁜 기색이 피어올랐다.

"얼마나 걸릴 것 같습니까?"

"정확히는 알 수가 없지. 내가 신은 아니지 않는가? 그래도 오늘 중으로는 나올 것 같네."

월천의 말에 풍호량이 고개를 끄덕였다.

"그보다 자네들은 먼저 출발해야겠네."

"무슨 말씀이십니까?"

"심상치가 않아. 무림맹에서 거대한 소용돌이가 휘몰아치려 하고 있네."

월천의 말에 풍호량의 얼굴에 드러나 있던 기쁜 기색이 점차 어두운 기색으로 바뀌었다.

"무림맹으로 가게. 아니, 무림맹으로 가고 있는 천마와 독왕, 창왕에게로 가게. 그들을 도와줘야 할 걸세."

"알겠습니다."

풍호량이 월천에게 조심스럽게 고개를 숙였다.

"호성이는 늦지 않게 보내겠네. 그러니 서두르게."

"예!"

풍호량이 그 자리에서 사라졌다. 그리고 잠시 후, 파천수호위가 일제히 산을 내려갔다.

월천이 하늘을 올려다보았다. 그리고 살짝 인상을 찌푸렸다.

맑기만 한 하늘.

하지만 그 안에서 불길한 기운을 느낄 수 있었다.

'신이시여! 도대체 무엇을 원하시는 겝니까?'

월천의 목소리가 마음속 깊은 곳에서 울려 퍼졌다.

안새현의 허름한 객점은 외지인보다 내부인이 훨씬 많이 찾는 곳이었다.

지리적으로 중요한 곳에 위치하지 않은 이상 외부에서 찾는 사람이 많기를 기대하는 것은 무리가 있었다.

때문에 내부인들이 찾지 않으면 먹고사는 데 지장이 있었다.

바로 오늘처럼.

마을 전체가 짜기라도 한 듯 아침에 문을 열고 해가 중천에 뜬 지금까지 객점을 찾은 사람은 한 명도 없었다.

점소이는 한쪽에서 꾸벅꾸벅 졸고 있었고, 객점 주인은 계산대에 앉아 한숨만 쉬고 있었다.

"음?"

초점없이 흐리멍덩한 눈으로 문밖만 내다보고 있던 객점 주인이 눈을 빛냈다.

누군가가 객점을 향해 걸어오고 있었던 것이다.

"야, 이놈아! 손님이다, 손님!"

"흐릅! 예? 소, 손님?"

꾸벅꾸벅 졸고 있던 점소이가 입가에 흐른 침을 닦으며 서둘러 자리에서 일어나 문가로 다가갔다.

과연 주인의 말처럼 젊은 청년 한 명이 객점으로 걸어오고 있었다.

"개시 손님이다. 각별히 모셔라."

"저도 점소이 생활 십 년입니다, 십 년! 그 정도도 모를까 봐요."

점소이가 걱정 말라는 듯 엄지손가락을 치켜들어 보였다.

"그래서 더 걱정이다. 어째 십 년째 점소이 노릇 하면서도 달라지는 게 없냐?"

"세상에 저만 한 점소이 한번 찾아보십시오. 어디 구하기가 쉽나."

두 사람이 시답지 않은 대화를 나누고 있는 사이 청년은 객점 앞에 다다라 있었다.

"뭐 하는 거지, 안 들어오고?"

그가 들어오기만을 기다리고 있던 점소이가 청년을 바라보며 중얼거렸다.

다가오던 청년은 객점 앞에 서서는 건물을 올려다보며 무언가를 생각하고 있었다.

'설마 그냥 가는 건 아니겠지?'

객점 주인이 초조한 마음에 그렇게 생각하던 찰나, 청년이 객점 안으로 들어왔다.

"어서 옵쇼~! 친절하게 모시겠습니다!"

기다렸다는 듯 점소이가 우렁찬 목소리로 말했다. 그 모습을 보며 미소를 지은 청년이 적당한 곳에 자리를 잡고 앉았다.

"손님, 무엇을 드시겠습니까요?"

"적당히 내오너라."

떨그럭!

그렇게 말한 청년이 탁자 위에 은자 한 냥을 굴렸다. 그것을 보고 눈이 휘둥그레진 점소이가 객점 주인을 바라보았다.

점소이와 눈이 마주친 객점 주인이 입모양으로 '왜?'라고 묻자, 그가 손가락으로 탁자 위에 있는 은자 한 냥을 가리켰다.

그것을 확인한 객점 주인이 화들짝 놀라고는 부리나케 달려왔다.

"소, 손님, 은자 한 냥 값하는 음식은 저희 객점에 없습니다요."

객점 주인의 말에 청년이 싱긋 미소를 지어 보였다.

"그냥 만두 한 접시랑 소면 주십시오."

"예? 아, 저, 그게……."

"무슨 문제 있습니까?"

난감해하는 객점 주인을 보며 청년이 물었다. 그러자 그가 어렵사리 말을 꺼냈다.

"거스름돈을 드리기가……. 손님께서 오늘 저희 가게 첫 손님인지라 현금이 없습니다요."

"걱정 마세요. 거스름돈은 받지 않겠습니다."

"예에?"

청년의 말에 객점 주인이 화들짝 놀라며 소리쳤다. 그리고는 서둘러 자신의 입을 틀어막았다.

'이게 꿈이냐, 생시냐!'

"아저씨, 저 배고파요."

"예? 아, 예. 얼른 가져다 드리겠습니다! 이놈아! 뭐 하고 있냐! 얼른 차 내어 드려야지!"

"예? 예! 잠시만 기다리십쇼!"

점소이가 서둘러 주방으로 달려갔고, 객점 주인은 잽싸게 은자를 자신의 품에 넣은 다음 주방으로 향했다.

"후후, 변한 게 없네. 두 사람 다."

그렇게 중얼거린 청년은 다름 아닌 무호성이었다.

오랜만에 자주 가던 객점을 들르니 감회가 새로웠다.

조금 낡기는 했지만 건물도 변한 것이 없고, 객점 주인과

십 년째 일하고 있는 점소이도 달라진 것이 없었다.

절로 미소가 번졌다.

자신도 변하고 세상의 많은 것이 변했지만 적어도 이곳 안 새현만은 전혀 변하지 않은 것 같아 기분이 좋았다.

잠시 기다리자 점소이가 서둘러 차를 가져왔고, 얼마 지나지 않아 주방에서 객점 주인이 음식들을 내왔다.

무호성의 앞에 음식들을 내려놓던 객점 주인이 잠시 동안 무호성의 얼굴을 빤히 바라보았다.

"제 얼굴에 뭐가 묻었습니까?"

"아, 아닙니다. 그럼 식사 맛있게 하십시오!"

무호성의 물음에 당황한 객점 주인이 다시 주방으로 돌아갔다.

잠시 음식들을 바라보던 무호성이 젓가락을 들어 천천히 맛보았다.

'맛도 그대로네.'

한입 베어 먹었을 뿐이지만 한동안 잊고 지냈던 예전의 그 맛을 떠올리게 하기에는 충분했다.

조금도 변하지 않은 그 맛에 무호성은 즐거운 마음으로 음식들을 먹었다.

짧은 시간 동안 음식들을 다 먹어치운 무호성이 마지막으로 차를 마시며 입가심을 한 뒤 자리에서 일어났다.

"벌써 다 드셨습니까?"

객점 주인이 다가와 물었다.

"예. 음식이 아주 맛있더군요. 다음에 또 오겠습니다."

"감사합니다."

무호성이 천룡포 자락을 휘날리며 객점을 나섰다.

멀어지는 그의 뒷모습을 바라보고 있는 객점 주인에게 점소이가 다가왔다.

"누굴까요? 이 동네에서 만두랑 소면 먹으면서 저렇게 큰 돈을 주고 갈 사람은 없는데. 역시 타지인이겠죠?"

"모르겠냐, 누군지?"

"엥? 알고 계세요, 누군지?"

"척 보면 척이지. 많이 컸구나. 사실 몇 년 사이에 저렇게 커서 처음에는 긴가민가하긴 했다."

"누군데요? 네?"

점소이가 그의 정체가 궁금한지 객점 주인을 재촉했다.

"정말 모르겠냐? 예전에는 하루가 멀다 하고 우리 객점에서 밥 먹고 갔었다."

"네? 정말요? 그런 사람이라면 내가 기억을 못할 리가……."

그때 뭔가 생각난 듯 점소이가 두 눈을 동그랗게 뜨고 객점 주인을 바라보았다.

"설마?"

끄덕끄덕.

"정말?"

끄덕끄덕

"진짜요?"

쾅!

"으악!"

"귀찮게 자꾸 물어볼래? 그리고 말이 짧다?"

객점 주인의 말에 점소이가 그에게 맞은 머리를 어루만지며 볼멘소리를 했다.

"도저히 안 믿기니까 그렇죠. 어떻게 하면 사람이 몇 년 사이에 저렇게 변할 수가 있죠? 그 꼬맹이가 저렇게 컸다는 걸 누가 믿겠냐고요."

"하긴, 나도 얼떨떨하긴 하다."

그렇게 말한 객점 주인이 이제는 사라지고 보이지 않는 무호성의 뒷모습을 좇으며 중얼거렸다.

"무슨 사연이 있는지는 모르겠지만 언제든 오너라. 은자 한 냥 치 먹으려면 몇 년은 걸릴 게다."

객점 주인의 입가에 잔잔한 미소가 걸렸다.

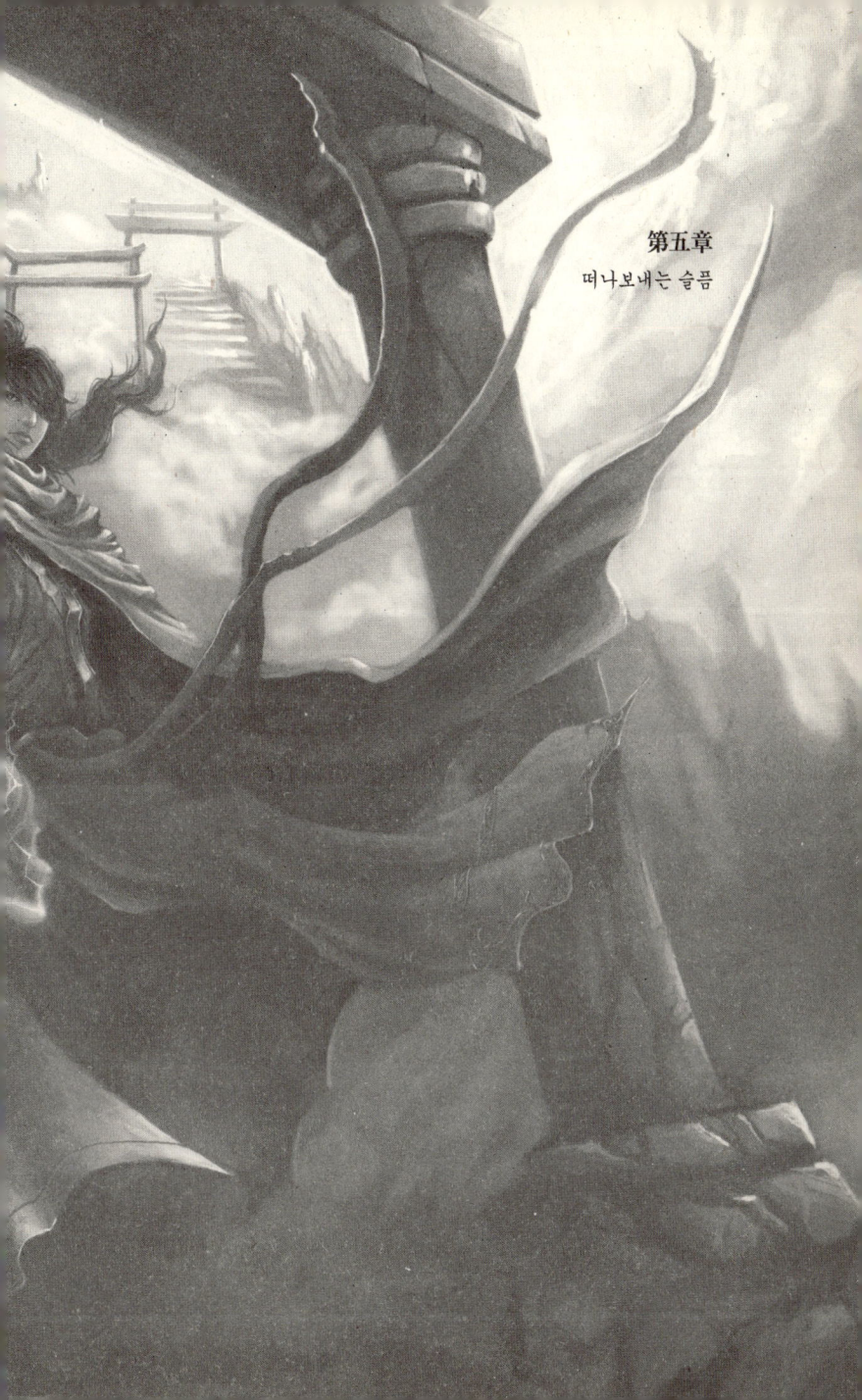

第五章
떠나보내는 슬픔

신권무쌍

무호성이 무무의 경지에 들어서고 안새현을 떠나던 그때 파천수호위는 요치우 등이 이끄는 일행과 막 합류한 상태였다.

그들이 돌아온 것을 보고 남궁소소와 금영령은 내심 무호성도 함께 왔기를 바랐지만 보이지 않는 그의 모습에 살짝 아쉬워하고 있었다.

하지만 다른 사람들의 분위기는 무겁게 가라앉아 있었다.

돌아온 파천수호위로부터 월천에게 들었던 이야기를 또 들었기 때문이다.

"무림맹. 무림맹이라……. 도대체 무림맹에서 무슨 일이 벌어지고 있는 거지?"

"맹주의 죽음과 관련이 있는 게 분명하다. 단가 그놈이 가장 의심스러워."

요치우의 말을 당천신이 심각한 표정으로 받았다.

"나도 같은 생각이다. 맹주의 자리를 빼앗을 사람은 현재로서는 무상이라는 그 애송이가 유일하지."

천마까지 그렇게 나오자 요치우는 확실하게 아닐 거라고 말할 수가 없었다.

"그럼 왜 그가 맹주를 죽이고 자리를 빼앗았는지 알아야겠군."

"당연한 것 아닌가? 욕심이 있으니 그리했겠지."

"하지만 그것만으로는 무림맹을 조심해야 할 이유가 없습니다."

"적과 내통하고 있는 놈들이 있을 게야."

"그거라면 예전에 호성이 그 아이가 처리한 것으로 알고 있는데."

천마의 말에 당천신이 고개를 저으며 말했다.

무호성이 구양진공과 제갈청군을 대동하고 적과 내통하던 사람들을 잡아냈던 그때를 또렷하게 기억하고 있는 그였다.

"그게 전부가 아니었겠지."

천마의 말도 일리가 있었다.

사실 어떻게 보면 그때의 그 일은 너무 쉽게 끝난 감이 없지 않아 있었다.

단순히 그들의 가담으로 무림맹이 휘청거릴 정도라면 애초부터 심각한 문제가 있었다는 뜻인데, 이번 사건이 터지기 전까지는 그런 소문도 듣지 못했던 것이다.

'물론 지금까지의 상황을 쭉 보자면 확실히 아니라고 단정지을 수도 없는 노릇이지.'

요치우가 심각한 표정으로 생각에 잠겼다.

"지금 이 자리에서 우리끼리 주저리주저리 떠든다고 일이 해결되고 의문이 해소되는 건 아니니 일단 돌아가지. 범을 잡으려면 그 소굴로 들어가야 할 것 아닌가?"

천마의 말처럼 지금 할 수 있는 것은 일단 돌아가는 것뿐이었다.

그들이 천룡장으로 발걸음을 옮겼다.

*   *   *

구양진공이 죽고 사태가 수습되자 단일풍은 스스로 맹주의 자리에 앉았다.

신무각에서 사자각으로 거처를 옮긴 단일풍은 맹주의 집무실에 삐딱하게 앉아 만면에 미소를 띠고 있었다.

"좋군, 아주 좋아."

그렇게 중얼거리던 단일풍이 자리에서 일어났다. 그리고 때마침 동방책이 들어오고 있었다.

"맹주님."

"오~! 문상, 어쩐 일이시오?"

단일풍이 동방책에게 자리를 권하며 물었다.

"그들이 돌아오고 있습니다. 천룡장으로 갈 것 같습니다."

"무림맹이 아니고?"

"함구했다고는 하지만 저들도 낌새를 눈치챘을 겁니다. 구양진공이 죽었으니."

"늙은이들이 눈치만 빨라서는. 우리의 정체를 파악했을 가능성은?"

"전혀 없습니다."

"그렇군. 그들이 돌아온다… 천마신주도 오고 있겠군."

"그렇습니다."

"천마 그 늙은이에게 있나?"

"그건 아닌 것 같습니다. 천마의 무공을 이어받은 여자가 있는데 그 여자가 들고 있는 듯합니다."

"좀 더 수월하겠군."

"그래도 무시할 정도는 아닌 것 같습니다."

"뭐, 그런 것이야 군사가 알아서 할 일이 아닌가? 굳이 내가 나서지 않아도 되겠지?"

"물론입니다."

동방책의 대답에 단일풍이 흡족한 미소를 지었다.

"천마는 알고 있을까? 천마신주에 그런 비밀이 있다는 것을. 후후후. 하긴, 알고 있었다면 천마신주 같은 보물을 그깟 계집에게 맡기지는 않았겠지."

나직이 미소를 짓던 단일풍이 갑자기 얼굴을 굳히고는 동방책을 향해 말했다.

"군사, 빠른 시일 안에 천마신주를 획득하도록. 죽여도 상관없다."

"그리하겠습니다."

동방책이 허리를 굽히며 공손히 대답하자 단일풍이 조용히 읊조렸다.

"화룡점정을 찍어야지."

*　　　*　　　*

파천문까지 가는 동안 온갖 고생을 했던 일행은 천룡장으로 돌아오는 길에 아무런 일도 벌어지지 않자 다행스럽게 생각하면서도 불안감을 떨치지 못했다.

본능적으로 앞으로 지금까지와는 비교할 수 없는 거대한 일들이 벌어질 것이라는 사실을 직감한 것이다.

무림맹이 가까워올수록 그런 불안감은 더욱 커져만 갔다.

비록 그들이 알고 있는 것은 맹주인 구양진공이 죽었다는 소문뿐이지만 그의 죽음에는 분명 어떤 음모가 있을 것이라 짐작하고 있었다.

어쩌면 자신들이 가는 곳은 사지(死地)일지도 모른다는 생각들을 하고 있었다.

그렇게 그들은 무림맹에 도착했다.

천마와 마유웅, 금영령 등 마인들은 곧장 천룡장으로 향했고, 요치우와 당천신은 다른 사람들을 이끌고 무림맹으로 들어갔다.

무림맹 정문을 지나 안쪽에 발걸음을 들여놓는 순간부터 요치우와 당천신은 묘한 위화감을 느꼈다.

예전과 달라진 것은 없지만 묘하게 뭔가 다른 느낌.

두 사람은 긴장을 늦추지 않고 곧바로 사자각으로 향했다.

"어서 오십시오. 정말 고생 많으셨습니다."

맹주의 집무실에서 자신들을 맞이하는 단일풍을 보며 요치우와 당천신은 살짝 인상을 찌푸렸다.

겉으로는 맹주의 죽음을 슬퍼하고 과분한 자리에 앉아 힘들다는 표정을 하고 있었지만 그의 몸에서 자연스럽게 풍겨 나오는 분위기는 전혀 그렇지 않았다.

"오면서 소문은 들었네. 어떻게 된 건가?"

"저도 당혹스럽습니다. 맹 내에 간자가 있었던 모양입니다. 그자를 잡기는 했지만 제가 좀 늦어 맹주님을 구하지는 못했습니다."

단일풍의 표정과 말투는 완벽히 구양진공의 죽음을 애도하고 그에 안타까워하고 있었다.

하지만 요치우와 당천신의 눈에는 가증스럽게 보일 뿐이었다.

"그렇군. 어쩔 수 없는 일이지. 그래, 간자에게 알아낸 것은 있는가?"

"없습니다. 고문을 해서 정보를 캐내려고 가둬두었는데 자결했습니다. 경황이 없어 미처 생각하지 못했던 것이 화근이었습니다."

"그런가?"

요치우가 인상을 찌푸렸다.

"그렇군. 안타깝기 그지없구만."

"저도 그렇습니다."

단일풍이 고개를 숙이며 작게 한숨을 쉬었다. 그 모습을 못마땅하게 쳐다보던 당천신이 자리에서 일어났다.

"가서 쉬어야겠다."

"아, 그렇게 하십시오. 맹 내에 거처를 마련해 드리겠습니다."

단일풍이 따라 일어나며 말했지만 요치우가 고개를 저으며 말했다.

"아닐세. 우리는 천룡장에서 쉬겠네. 할 얘기가 있으면 그쪽으로 사람을 보내면 될 게야."

"그렇게 하시겠습니까?"

단일풍이 안타까운 표정을 지으며 말했다.

"그래. 그럼 우린 돌아가 보겠네."

그렇게 말하고 두 사람이 문가로 걸어갔다.

"아, 그리고."

밖으로 나가려던 요치우가 몸을 돌려 말을 꺼냈다.

"무슨 하실 말씀이 있으십니까?"

"자네가 죽었다던 청로 도장과 자검, 그리고 남궁 가주 말일세."

"예."

"파천문에서 봤네. 우리에게 검을 들이밀더군. 완벽하게 혈교의 편에 서서."

단일풍의 눈이 커졌다. 굉장히 놀란 듯한 반응이었다.

"마, 말도 안 됩니다! 분명 그때……."

"우리도 믿기 어려웠네. 하지만 두 눈으로 본 것이니 안 믿을 수도 없군."

"이럴 수가……. 어찌 죽은 사람을 가지고 장난을 친단 말입니까?!"

으스러지듯 주먹을 뒤며 단일풍이 분개했다.

"그래도 모두 원래 있어야 할 곳으로 보내주었네. 제대로 된 복수만 해주면 되겠지."

"꼭 그리하겠습니다."

"그럼세. 그리고 파천문에 함께 다녀온 아이들도 천룡장에서 쉬게 하겠네. 아무래도 여러모로 다들 피곤할 텐데 맹에 있는 것보다야 천룡장에 있는 편이 훨씬 맘 편하게 쉴 수 있지 않겠는가? 당분간은 거기서 지내도록 하지."

"예, 그렇게 하시지요. 괜히 선배님들께 누가 되는 것은 아닐지 모르겠습니다."

"누가 될 게 뭐가 있다고. 그럼 가보겠네."

"살펴 가십시오."

단일풍이 공손히 허리를 굽히며 나가는 그들에게 인사했다.

그들이 문을 닫고 나가자 싸늘한 표정을 지은 단일풍이 허리를 곧게 펴며 중얼거렸다.

"늙은이들. 이런 대접 받을 날도 얼마 남지 않았다."

오랜만에 천룡장이 붐볐다.

많은 사람들이 들어차 큰일이 벌어진 것도 아님에도 소란스러웠다.

하지만 그것도 잠시.

여독이 쌓인 상태에서 긴장이 풀리자 다들 아직 해가 완전히 저물지 않은 시간임에도 하나둘씩 곯아떨어지기 시작했다.

모두 잠이 들어 조용해지고 어둠이 완전히 깔린 시각.

요치우와 당천신은 앞으로의 일에 대해 논의하고 있었다.

언제까지고 상대의 의도대로 끌려 다닐 수는 없는 노릇.

적당한 시기에 기회를 봐서 그들의 정체를 밝혀내고 척살을 해야 했다.

그렇지 않으면 얼마나 더 많은 피해가 생길지 알 수 없었다.

두 사람이 대화를 나누고 있을 때, 금영령은 자신의 거처에 틀어박혀 있었다.

조금 전까지 남궁소소가 머물다 간 공간에 홀로 남은 금영령은 짧은 순간이었지만 월천에게 들은 이야기를 곱씹고 있었다.

그 이후 시간이 날 때마다 그가 했던 이야기를 떠올리며 마음가짐을 다르게 먹으려 했지만 쉽지가 않았다.

의식적으로 다르게 생각을 한다고 해서 애초의 마음가짐 자체가 바뀌기는 어려운 일이었다.

"후우… 어렵구나, 어려워."

그렇게 중얼거린 금영령이 갑자기 실소를 흘렸다.

예전에는 무림인이 된다는 생각은 꿈에도 해본 적이 없는 자신이 지금은 제법 무림인다운 고민을 하고 있다는 생각 때문이었다.

그 순간, 금영령이 얼굴을 딱딱하게 굳혔다.

멀지 않은 곳에서 느껴지는 거대한 존재감 때문이었다.

금영령은 느낄 수 있었다.

그것은 단순한 존재감이 아니라 자신을 노리는 강력한 살기라는 것을.

'누구지? 왜 나를?'

하지만 지금은 그런 의문을 해결할 만한 시간이 아니었다.

점점 살기가 가까워 오고 있었다.

금영령은 자신의 단전에서 마기가 요동치는 것을 느낄 수 있었다.

살기에 반응하여 적개심을 드러내는 것일까?

잠시 후, 살기가 더욱 가까워졌을 때 금영령은 왜 마기가 그런 반응을 보였는지 알 수 있었다.

분명 살기에 섞여 자신을 향해 날아오는 것은 마기였다.

'마기! 마인? 누구지?'

궁금증은 더욱 증폭되었다.

마인 중에서는 자신에게 이런 살기를 드러낼 사람이 없었다.

물론, 마인들 사이에 간자가 숨어 있다면 모르겠지만 그렇다 하더라도 이제 와서 이런 식으로 대놓고 살기를 드러내는 것은 이해가 가질 않았다.

금영령이 천마신검을 들고 밖으로 나갔다.

짙게 깔린 어둠 사이로는 아무것도 보이지 않았다.

하지만 금영령은 알 수 있었다.

가까운 곳에 자신을 노리는 누군가가 있다는 것을.

이 정도 살기를 뿜어내고 있음에도 누구 하나 느끼지 못하고 쫓아 나오지 않았다는 것은 그 살기가 오로지 자신만을 향하고 있기 때문이었다.

스릉!

검집을 빠져나온 천마신검이 청아한 소리를 냈다.

"나오세요."

금영령이 차분하게 허공에 대고 말했다. 하지만 어둠 속에서는 아무런 반응도 없었다.

"그렇게 살기를 뿌려대면서 모습을 감출 필요는 없을 텐데."

그녀가 다시 말했다. 하지만 이번에도 어둠 속에서는 아무런 움직임이 느껴지지 않았다.

'도대체 뭐지?'

그 순간 금영령의 안색이 딱딱하게 굳었다.

어느새 자신의 목 언저리에 차가운 금속이 와 닿은 것이다.

'언제?'

"가만히 누워 자고 있었으면 죽이지는 않았을 텐데."

기척도 느끼지 못했는데 어느새 자신의 뒤에 나타나 목에 검을 들이대고 있는 적.

금영령은 식은땀이 났다.

이런 상대라면 아무리 자신이 날고 긴다 한들 이길 수가 없다.

"천마신주는 어디 있지?"

상대의 물음에 금영령은 자신을 찾은 이유가 천마신주에 있음을 알고 마른침을 삼켰다.

"천마신주가 목적이었다면 사람을 잘못 찾았군요. 저한테는 없어요."

"다 알고 왔으니 거짓말은 하지 않는 것이 좋아."

그렇게 말하며 상대가 금영령의 목에 검을 더욱 바짝 붙였다. 조금만 힘을 준다면 목이 잘릴 위기였다.

하지만 금영령은 침착하게 말을 이었다.

"왜 내게 천마신주가 있을 거라 생각하는 거죠?"

"계집, 어쭙잖은 말발로 날 어쩔 수 있을 거라 생각하지 마라. 우리의 눈과 귀는 어디에든 있다. 순간의 위기를 모면하려고 잔꾀를 부리면 돌아오는 건 저승 행밖에 없다."

사내의 음산한 목소리가 금영령의 귓전에 울렸다.

'다 알고 있어. 진짜다.'

금영령은 절망감을 느꼈다.

순순히 천마신주를 내준다고 해서 자신이 살 수 있을 거라는 보장도 없는 상황이었다.

"당신, 천마신주는 왜 가져가려는 거죠?"

"시끄럽다. 천마신주만 내놔라."

그 대답에 금영령은 더 이상 상대를 흔드는 것을 포기했다. 이제부터는 지금 이 상황을 어떻게 헤쳐 나가야 할 것인가를 생각해야 했다.

그때, 금영령은 보지 못했지만 상대의 눈이 살짝 빛났다.

그녀의 목에 걸려 있는 목걸이가 눈에 띄었기 때문이다.

"그 목걸이, 풀어라."

상대의 말에 금영령의 몸이 한차례 움찔했다.

일부러 목걸이 끝에 달린 천마신주를 옷 속에 넣어두고 있었는데 그걸 알아차린 것이다.

상대에게 심장이 두근거리는 것을 최대한 감추며 금영령이 천천히 목걸이에 손을 가져갔다.

그녀가 목걸이를 풀기 위해 손을 목 뒤로 뻗자 상대가 살짝 뒤로 물러났고, 그러면서 검이 그녀의 목에서 조금 떨어졌다.

'지금!'

금영령이 재빨리 보법을 이용해 그의 품을 벗어났다.

검이 목에서 많이 떨어진 것이 아니었기에 한 줄기 자상을 입기는 했지만 그렇게 심각한 수준은 아니었다.

그에게서 빠져나온 금영령은 입술을 깨물며 그에게 천마신검을 겨누었다.

그럼에도 상대는 여유로운 표정을 짓고 있었다.

아니, 복면을 쓰고 있었기 때문에 얼굴 표정을 확인할 수는 없었지만 적어도 눈가에 비치는 웃음기만 봐도 그가 지금 상황을 심각하게 생각하고 있지 않다는 것을 알 수 있었다.

금영령은 이를 악물었다.

지금으로서는 최대한 소란스럽게 해서 당천신이나 요치우가 와주기를 기대하는 것이 최선의 방법이었다.

천마신검을 쥔 그녀의 손에 힘이 들어갔다.

*　　　*　　　*

안새현을 떠나온 무호성은 빠르지도, 그렇다고 느리지도 않은 속도로 천룡장을 향해 가고 있었다.

무무의 경지에 들면서 무호성에게 한 가지 변화가 생겼다.

바로 여유였다.

전에는 모든 것을 심각하게만 생각했고 조급한 마음이 앞섰지만 지금은 그런 마음이 없었다.

오히려 그렇게 생각하고 마음먹는 것이 좋을 것 하나 없다는 것을 알게 된 것이다.

하지만 그러면서도 무호성은 호남성을 향해 일직선으로 걷고 있었다.

구릉이 나오든 높은 산이 나오든 개천이 나오든 무호성에게는 조금도 장애가 되질 않았다.

그렇게 걷고 걸어 호남성에 들어온 것이 안새현을 출발하고 꼭 열흘째 되는 날 밤이었다.

빠르지 않은 속도로 걸어 열흘 만에 들어올 수 있었던 것도 그가 쉬지 않고 일직선으로 주파했기 때문에 가능한 일이었다.

마치 강호를 유람하듯 걸어 호남성에 들어온 무호성의 표정이 갑자기 딱딱하게 굳었다.

그러더니 가볍게 지면을 박찼다.

쒜에에에엑!

가볍게 박찼을 뿐인데 무호성의 신형은 엄청난 빠르기로 앞쪽을 향해 쏘아져 나갔다.

지금까지의 움직임과는 비교도 할 수 없는 속도였다.

천룡장을 향해 엄청난 속도로 달려가는 무호성의 뒤로는 천룡포가 만들어내는 하얀 선만이 남아 있을 뿐이었다.

"헉! 헉!"

금영령이 거칠게 숨을 쉬고 있었다.

옷은 곳곳이 찢겨져 있었고, 그 사이로 제법 많은 상처들이 눈에 들어왔다.

머리는 산발이, 몸은 땀과 피로 범벅이 되어 있었다.

반면 상대는 아직까지 여유가 가득 담긴 눈빛으로 그녀를 바라보고 있었다.

"쓸데없는 발악은 하지 않는 것이 좋아. 순순히 천마신주를 내놔라."

"주면 어떤 일이 벌어질지 눈에 선한데 그럴 수는 없지요."

"목숨 아까운 줄 모르는군."

상대의 말에 금영령은 아무런 대답도 하지 않고 그를 노려보았다.

"내가 마음만 먹으면 제압하고 가져가는 건 일도 아니라는 걸 알고 있을 텐데."

"그럼 그렇게 해보시지."

위축되지 않은 듯 말하고 있었지만 금영령은 초조했다.

일부러 소리를 내기 위해 위력이 큰 초식들을 사용했건만 당천신이나 요치우, 하물며 마유웅조차 나타나지 않고 있었다.

"지원을 기다리는 거라면 기대하지 않는 것이 좋아."

상대의 말에 금영령이 놀란 눈으로 그를 바라보았다.

"지금 여기서 이러고 있는 소리가 그들에게 들릴 것이라 생각하나?"

그제야 금영령은 자신들 주변에 기막이 펼쳐져 있다는 것을 알아차렸다.

상대에게 집중을 하느라 그런 것도 눈치채지 못하고 있었던 것이다.

금영령의 마음속에 좌절감이 생기기 시작했다.

하지만 그렇다고 해서 쉽게 천마신주를 내줄 수도 없는 노릇이었다.

"후우……."

금영령이 심호흡을 했다.

그녀의 눈이 깊게 가라앉고 있었다.

빛의 속도로, 아니, 빛보다 빠른 속도로 달린 무호성의 눈에 천룡장의 모습이 보였다.

차갑게 가라앉은 무호성의 눈빛이 반짝이기 시작했고, 종전보다 속도는 더 빨라지고 있었다.

타악!

무호성이 땅을 박차고 천룡장의 담을 넘었다.

바닥에 착지한 무호성은 지체하지 않고 방향을 틀어 내달렸다.

자신의 감이 맞는다면 지금 이 순간 위기 상황을 맞고 있는 사람은 금영령이 분명했다.

호남성에 들어선 순간부터 그것을 느끼고 달려왔으니 실로 대단하다 할 수 있었다. 그 정도로 무무의 경지에 들어선 무호성은 예전과는 비교할 수 없는 수준의 무인이 되어 있었다.

"멈춰!"

금영령의 거처에 다다랐을 때 무호성이 소리쳤다.

그의 눈에 비친 것은 힘없이 쓰러져 피를 흘리고 있는 금영령과 그녀의 목을 검으로 내려치려는 괴한의 모습이었다.

"칫!"

무호성을 발견한 괴한이 서둘러 천마신주를 가지고 신형을 옮겼다. 그가 자리를 피하는 순간 금영령의 곁에 다가온 무호성은 잠시 그쪽을 노려보다가 시선을 돌렸다.

"영아!"

무호성이 서둘러 그녀의 상태를 살폈다.

만신창이가 된 그녀의 몸을 살피던 무호성의 눈이 무겁게 가라앉았다.

계속해서 피가 흘러나오는 곳은 다름 아닌 심장 부근이었다.

상대의 검이 그녀의 심장을 정확히 찌른 것이다.

"호성……."

금영령이 피를 머금어 꾸르르 하는 목소리로 무호성의 이름을 불렀다.

"말하지 마."

"호성……."

"말하지 말라고 했잖아!"

무호성이 버럭 소리를 질렀다. 그러면서도 그의 손은 어떻게 해서든 지혈을 해보려 주변의 혈을 점하고 있었다.

하지만 피는 멈추지 않고 계속해서 흐르고 있었다.

"천마… 신주……."

금영령의 손이 허공에서 허우적거렸다. 그런 그녀의 손을 무호성이 꼭 잡아주었다.

체온이 떨어져 차가워지고 있는 그녀의 손을 꽉 잡으며 무호성이 울먹이는 목소리로 말했다.

"이 전쟁이 끝나면… 끝나면 같이 놀러 가기로 했잖아. 잊었어?"

무호성의 말에 금영령이 뭐라 입을 뻐끔거렸지만 목소리가 밖으로 흘러나오지 않고 있었다.

"그런데 이게 뭐야? 이렇게 다쳐서 갈 수 있겠어?"

무호성의 눈앞이 뿌옇게 흐려졌다.

이윽고 그의 눈에서 한 줄기 눈물이 흘러내려 그녀의 뺨을 적셨다.

"눈 감지 마! 눈 감지 마!"

천천히 눈이 감기는 그녀를 본 무호성이 고개를 저으며 소리쳤다.

"미안……."

힘겹게 그녀의 입에서 한마디 말이 흘러나왔다.

그리고 무호성은 꽉 잡은 그녀의 손이 얼음장처럼 차가워지는 것을 느끼며 눈물을 흘렸다.

"제기랄!"

무호성이 소리쳤다.

그녀의 눈은 감겨 있었고, 더 이상 흐를 것이 없는지 이제
는 심장에서 피도 흐르지 않고 있었다.

그녀의 몸에서 흘러나온 피가 무호성의 천룡포를 빨갛게
물들이고 있었다.

거의 대부분의 피가 빠져나가 창백해진 그녀의 얼굴을 무
호성이 어루만졌다.

금방이라도 눈을 뜨고 웃을 것만 같은데 자신의 손길에도
그녀는 눈을 뜨지 않았다.

"으아아아아!"

무호성이 굵은 눈물을 흘리며 허공에 소리쳤다.

그가 내지른 소리를 듣고 허겁지겁 달려온 당천신과 요치
우, 그리고 천마는 지금 자신들의 눈앞에 펼쳐진 상황을 믿을
수 없다는 듯 멍한 표정을 지었다.

특히 천마의 반응이 더 심했다.

자신의 무공을 전수해 준 아이이다.

그녀는 거절했지만 자신은 내심 제자로 생각하고 있었다.

그런데 이게 뭔가?

도대체 어떻게 된 일인가?

왜 그녀가 피를 흘리며 눈을 감고 있단 말인가!

천마는 지금의 상황을 도저히 받아들일 수가 없었다.

충격은 슬픔을 묻어버렸다.

대신 거대한 분노를 밖으로 끄집어내었다.

"어떻게 된 일이냐?"

천마의 목소리가 낮게 깔렸다. 하지만 무호성은 그저 눈물만 흘리며 금영령의 얼굴을 어루만질 뿐이었다.

사람들이 모여들기 시작했다.

마유웅도, 남궁소소도, 남궁찬도, 염락수도.

모여든 사람들 모두가 얼이 빠진 표정이었다.

너무 갑작스럽고 충격적이라 울지도 못하고 지금의 상황이 진짜인지 가짜인지 구별하기도 힘들었다.

"어떻게 된 일이냐고 물었다."

천마가 화가 잔뜩 묻어나는 목소리로 물었다. 그러자 눈물범벅이 된 무호성이 조심스럽게 금영령의 머리를 바닥에 내려놓고는 사나운 표정으로 그를 바라보았다.

"제가 묻고 싶은 말입니다. 어떻게 된 겁니까? 어째서 영아가 이곳 천룡장에서 이런 꼴을 당한단 말입니까!"

무호성의 분노가 폭발했다.

그의 몸에서 엄청난 기운과 지독한 살기가 뿜어져 나왔다.

주변의 모든 것이 무호성의 분노에 맞춰 요동쳤지만 금영령의 시신 주변만은 고요했다.

천룡장 곳곳에 심어져 있는 나무들이 활처럼 휘어졌고, 주변에 서 있던 사람들은 그 기운을 이기지 못하고 신음을 흘리며 뒤로 물러섰다.

하지만 무호성은 자신의 기운과 살기를 거둬들이지 않았다.

무호성의 추궁에 모든 사람들은 입을 다물었다.

그의 말처럼 가까이 있던 것은 자신들이고, 천룡장 안에서 이런 일이 벌어졌음에도 전혀 눈치채지 못하고 있었다.

그런데 무슨 할 말이 있겠는가?

무호성의 곁으로 파천수호위가 다가왔다.

그들도 고개를 들지 못하고 있었다. 천룡장 주변의 경계를 책임져야 할 막중한 임무를 가지고 있는 그들이었기에 금영령의 죽음에 가장 큰 책임이 있었다.

"호성……."

남궁소소가 울먹이는 목소리로 조용히 무호성을 불렀다.

지금까지 그가 이렇게나 분노하는 모습은 보지 못했다. 어른들에게는 어떤 상황에서도 공손했고, 심각한 상황이 아니고서는 거의 대부분 웃으며 지냈다.

그랬던 모습만 봐왔기에 지금의 무호성은 남궁소소에게 굉장히 낯설었다.

"흑!"

마인들 중 누군가가 눈물을 흘렸다.

그것이 시작이 되어 어느새 주변은 눈물바다가 되었다.

무호성처럼 오랜 시간 함께 지냈던 사람도, 비교적 짧은 시간 동안 함께했던 사람들도 모두가 그녀의 죽음을 슬퍼했다.

무호성이 기운을 거둬들였다.

또다시 미쳐 버릴 것 같은 슬픔이 밀려왔기 때문이다.

무호성이 하늘을 올려다보았다.

밝게 빛나는 달도, 별도.

오늘은 슬프게만 다가왔다.

무호성의 눈에서 뜨거운 눈물이 또다시 흘러내렸다.

다음날.

무호성은 무거운 발걸음으로 금자천을 찾았다.

상회의 일로 바쁜 나날을 보내고 있는 그에게 이런 비보를 전해야 한다는 사실이 그의 마음을 무겁게 하고 있었다.

그를 찾아가는 동안 무호성은 문득 예전의 일이 떠올랐다.

금가장이 화를 당하고 남궁세가에 피신해 있을 때, 자신에게 금영령을 부탁하던 금자천의 모습이 아직도 머릿속에 생생하게 남아 있었다.

그 때문에 금자천의 얼굴을 보는 것이 더욱 미안하고 죄스러웠지만 그렇기에 더욱 자신의 입으로 직접 얘기해야 했다.

금자천이 있는 곳에 다다른 무호성은 심호흡을 하고 안으로 들어갔다.

무호성의 갑작스런 방문에 반가워하던 금자천은 어둡게 가라앉은 그의 표정을 보고 안색을 딱딱하게 굳혔다.

금영령이 무공을 배운 이후 하루도 빼놓지 않고 들었던 불안감이 현실이 되는 순간이었다.

무호성의 이야기를 들은 금자천은 멍한 표정을 지었다.

그와 함께 일을 하던 다른 상단 주인들은 자신들의 잘못이 아님에도 숙인 고개를 들지 못했다.

멍하게 허공을 바라보던 금자천의 눈가에 이슬이 맺히더니 이내 굵은 눈물이 그의 뺨을 타고 흘러내렸다.

세상에 남아 있던 유일한 혈육을 잃은 슬픔이 장내를 무겁게 짓눌렀다.

금자천이 오열했다.

바닥에 주저앉아 미친 사람처럼 울어댔다.

무호성에게 잘못이 없다는 것을 알면서도 그를 원망하고 욕했다.

동생을 부탁했는데,

지켜주길 바랐는데,

그런데 도대체 뭘 했느냐고.

금자천이 무호성의 멱살을 부여잡고 미친 듯이 울부짖었다.

무호성은 고개를 떨어뜨린 채 아무런 말도 하지 못하고 금자천이 하는 모든 것을 받아주었다.

자신의 잘못이기에,

자신이 조금만 더 서둘렀다면,

여유를 부리지 않았더라면 이런 일은 없었을 텐데.

무호성의 눈에서도 또다시 눈물이 흘러내렸다.

그렇게,

금영령은 세상을 떠났다.

*　　　*　　　*

많은 사람들이 금영령의 죽음을 슬퍼하고 있던 그때.

단일풍은 맹주의 집무실에 앉아 있었다.

의자에 삐딱하게 몸을 기댄 그의 손에는 하나의 목걸이가 들려 있었다.

금영령이 하고 있던 목걸이.

천마신주였다.

"드디어 손에 들어왔군."

단일풍의 입가에 미소가 번졌다.

"이제 모든 준비는 끝났다. 화룡점정을 찍었으니 결실을 거둬들여야지. 밖에 누구 있느냐!"

단일풍의 부름에 밖에 있던 무사 한 명이 문을 열고 들어왔다.

"군사를 불러와라."

"예!"

무사가 서둘러 밖으로 나가자 단일풍의 입가에는 더욱 진한 미소가 번졌다.

"이제 얼마 남지 않았다. 내 세상이."

*　　　*　　　*

금영령의 시신은 천룡장 뒤뜰에 봉분을 만들어 안치했다.

많은 사람들이 그녀의 죽음에 눈물을 흘렸고, 안타까워했다.

금자천과 무호성, 천마, 그리고 마유웅이 느낀 슬픔은 다른 사람들보다 훨씬 더 각별했다.

단 하나 남은 혈육, 오래전부터 이어져 온 인연, 제자의 연, 애정까지.

그들이 가지고 있던 이런 모든 감정이 동시에 폭발했고, 눈물이 바닥을 적셨다.

봉분을 안치하는 날에 천룡장으로 손님이 찾아왔다.

맹주의 자리에 앉은 단일풍과 동방책이었다.

그들의 등장에 일순간 모든 사람들이 눈물을 멈추었다.

금영령의 봉분에 그들이 꽃을 놓고 돌아서는 순간까지 사람들은 그들의 행동에서 눈을 떼지 않았다.

모두가 짐작하고 있었다. 아니, 알고 있었다.

단일풍과 동방책.

그들이 금영령을 죽음으로 몰아넣었다는 사실을.

그랬기에 그들의 등장에 사람들은 눈물을 닦았다.

분노했기 때문에,

복수심이 불타올랐기 때문에.

하지만 지금은 때가 아니라는 사실을 모두가 알고 있었고, 속으로 슬픔과 분노를 동시에 삭여야만 했다.

모든 사람들이 공통된 반응을 보이고 있을 때, 천마와 암영천군단의 반응은 조금 달랐다.

그들의 시선은 단 한 사람에게 고정되어 있었다.

만수(滿數) 동방책.

그의 얼굴을 확인한 순간 천마와 암영천군단은 동시에 놀란 표정을 지었다.

어떻게 그가 여기에 있단 말인가?

결코 잊을 수 없는 얼굴.

결코 잊어서는 안 될 얼굴.

과거 천마신교의 군사였던 그가 지금 이 자리에 있었다.

그들의 시선을 느꼈는지 동방책이 천마 쪽을 바라보며 살짝 고개를 숙였다.

그 모습에 천마와 암영천군단은 커다란 분노를 느꼈다.

사지를 찢어 죽여도 시원치 않을 자.

그가 자신들을 바라보며 조소를 짓고 있었다.

지금 이 자리가 금영령의 죽음을 애도하는 자리가 아니었다면 지금 당장 그에게 달려들어 죽였을 것이다.

'이걸로 확실해졌다. 놈! 기다려라. 반드시 그 목을 따주겠다!'

천마가 속으로 분노를 삭였다.

第六章
정체

신권무쌍

금영령의 시신을 안치한 날 밤.

모두가 오열하고 슬픔에 잠겨 있는 시각.

검은 야행복에 검은 복면을 한 사람이 천룡장의 담을 넘어 조용히 밖으로 나갔다.

그가 향한 곳은 다름 아닌 무림맹이었다.

정문이 아닌 무림맹의 담을 넘은 검은 인영은 곧장 유문각으로 향했다.

유문각을 지키는 무사들의 이목을 속이고 안으로 들어간 그는 가장 꼭대기에 있는 방으로 향했다.

끼익!

요란한 소리와 함께 문이 열리고 그가 안으로 들어섰다.

"어서 오십시오."

마치 기다리고 있었다는 듯 동방책이 의자에서 일어서며 그를 맞았다.

동방책과 마주한 검은 인영이 복면을 벗었다.

복면 뒤에 나타난 얼굴은 다름 아닌 천마였다.

"야율척(耶律拓)."

그의 입에서 동방책이라는 이름이 아닌 낯선 이름이 튀어나왔다. 그러자 동방책이 인상을 찌푸리며 말했다.

"야율척은 죽었습니다. 지금은 그저 만수 동방책만이 있을 뿐."

"야율척!"

천마의 목소리가 조금 커졌다.

"이런. 그렇게 큰 소리를 내시면 사람들이 몰려올 겁니다."

"그깟 놈들. 백 명, 천 명이라도 오라고 해라."

"역시 천마는 천마로군요."

천마와 마주하고 있음에도 동방책, 아니, 야율척은 여유로운 표정이었다.

"네놈이 어째서 여기 있는 것이냐."

"여기 있으면 안 될 이유라도 있습니까?"

"이유? 네놈은 이 세상에 발붙여선 안 될 놈이다. 무슨 낯

짝으로 얼굴을 꼿꼿이 세우고 돌아다닌단 말이냐!'

천마의 호통에 야율척이 비릿한 미소를 지었다.

"무슨 낯짝으로? 웃기는군. 죽이려다가 옛정을 생각해서 살려두었다. 고마워하지는 못할망정 되레 호통이라니."

야율척의 말투가 하대로 바뀌었다.

"놈!"

"시끄럽다! 감히 여기가 어디라고!"

야율척의 호통에 천마가 사나운 표정을 지었다. 그의 몸에서 끈적끈적하고 어두운 마기가 뿜어져 나오기 시작했다.

"네놈 짓이었군, 모든 것이."

"그렇다. 모두 내가 계획하고 실행한 일이지."

"네놈이 혈교주인가?"

"교주? 내가? 하하! 난 예전에도 그랬고 지금도 그렇고 혈교의 일개 군사일 뿐이다."

야율척의 말에 천마의 눈썹이 꿈틀거렸다.

예전에도 혈교의 군사였다는 말.

그것이 천마의 심장을 파고들었다.

천마신교가 성세를 구가하던 시절.

천마는 신교 내에서도 야율척을 가장 신뢰했다.

언제나 그의 입에서 나온 말은 틀린 적이 없었고, 그가 자신했던 일들은 모두가 그대로 실현되었다.

오십 년 전.

딱 한 번을 제외하고는.

천마의 눈에 불길이 일었다.

"그랬군. 결국 놀아난 것은 나였어."

"이제야 알았다니. 아니지, 어쩌면 평생 모르는 편이 나았을지도."

야율척의 말에 천마가 더욱더 진한 마기와 함께 지독한 살기를 뿌려대며 말했다.

"이제 더 이상 네놈은 햇빛을 보지 못할 것이다. 지금 이 자리에서 죽여줄 테니까."

"누구 마음대로."

갑자기 뒤에서 들려온 목소리에 천마는 깜짝 놀라 몸을 비틀었다.

서걱!

"크윽!"

천마의 왼쪽 팔이 어깻죽지부터 잘라져 바닥에 볼품없이 뒹굴었다.

지독한 통증에 정신이 아득해지는 상황에서도 천마는 서둘러 왼쪽 어깨 부근의 혈을 짚어 지혈했다.

"네놈은?"

천마의 팔을 자른 사람은 다름 아닌 단일풍이었다.

"그대가 그렇게 보고 싶어하던 혈교주다."

단일풍의 입에서 흘러나온 말에 천마의 눈이 부릅떠졌다.

아니, 정확하게 말하면 그의 목에 걸려 있는 목걸이 때문이었다.

"처, 천마신주!"

"그래, 천마신주다."

단일풍이 자신의 목에 걸려 있는 천마신주를 살짝 들어 흔들어 보였다.

"네놈이… 네놈이……!"

천마의 분노가 하늘을 찔렀다.

금영령을 죽인 자.

그가 눈앞에 있었다.

"네놈이었구나!"

"계집을 죽인 건 내가 아니다. 뭐, 내가 시켰으니 내가 죽인 것이나 마찬가지인가?"

단일풍이 천마를 보며 조롱하듯 미소를 지었다.

"죽이겠다."

"죽일 수 있을까?"

단일풍의 미소가 싹 가셨다. 그리고 무시무시한 기운이 폭사되어 천마의 전신을 옥죄어왔다.

"천마 따위가 날 죽이겠다고?"

단일풍의 몸에서 폭사되는 기운에 천마는 정신을 차릴 수가 없었다.

가뜩이나 왼쪽 어깨가 잘려 나가 정신이 아득한데 도저히 감당하기 힘든 압박이 전신을 옥죄고 있으니 더욱 그랬다.

천마는 이를 악물었다.

단일풍을 죽이고 자신이 살 방도는 없겠지만 적어도 동귀어진은 할 자신이 있었다.

천마가 기운을 끌어올렸다.

혈폭공(血爆功)을 운용하며 단일풍을 노려보았다.

"그 눈빛, 마음에 안 들어."

단일풍이 천마에게 다가갔다.

그의 손에는 아직도 천마의 피가 뚝뚝 떨어지고 있는 검이 들려 있었다.

'조금만 더 와라.'

천마는 점점 가까워 오는 단일풍을 바라보며 속으로 중얼거렸다.

두 걸음.

두 걸음만 더 가까이 온다면 확실하게 혈폭공으로 그의 목숨을 끊을 수 있을 것이다.

우뚝.

단일풍이 발걸음을 멈추었다.

한 걸음만 더 다가오면 되는데 단일풍이 멈춰 서자 천마가 슬쩍 그를 바라보았다.

씨익!

단일풍이 미소를 지었다.

"혈폭공 따위에 당할 줄 알았나?"

"……!"

천마가 눈을 부릅떴다. 어느새 단일풍의 검이 자신의 심장을 꿰뚫은 것이다.

'어떻게… 어떻게 알았지?'

자신의 심장이 꿰뚫린 것보다 단일풍이 어떻게 혈폭공을 알아차렸는지가 더 궁금한 천마였다.

혈폭공은 아주 적은 양의 두 진기를 하나는 역행시키고, 하나는 정주행시켜 충돌하게 만드는 무공이었다.

워낙 적은 양의 진기를 움직이는 것이기 때문에 상대가 알아차릴 위험은 거의 없었다.

"군사가 아니었으면 큰일 날 뻔했군."

'야율척!'

단일풍에게 신경을 쓰느라 자신의 버릇 하나까지도 모두 알고 있는 야율척이 뒤에 있다는 사실을 잠시 잊고 있던 천마는 쓰러지면서 뒤를 돌아보았다.

그곳에는 야율척이 천마를 향해 비웃음을 날리고 있었다.

"잘 가라."

야율척의 한마디 말을 마지막으로 천마는 허무하게 생을 마감했다.

"시체는 알아서 처리하도록."

"알겠습니다."

단일풍이 쓰러진 천마의 옷에다가 피 묻은 검을 닦고는 밖으로 나갔다.

눈도 제대로 감지 못하고 죽은 천마의 앞에 야율척이 쭈그리고 앉았다.

"천하의 천마가 이리 허무하게 가다니. 참으로 슬프구려."

하지만 야율척의 입가에는 기분 좋은 미소가 번져 있었다. 그의 얼굴은 마치 십 년 묵은 체증이 내려간 것같이 편안하고 즐거운 표정이었다.

"다른 사람들도 곧 곁으로 보내줄 테니 걱정 마라."

야율척이 죽은 천마의 귓가에 소곤거렸다.

"밖에 누구 없느냐! 이거 치워 버려라!"

그의 외침에 밖에서 두 명의 무사가 들어와 천마의 시신을 질질 끌고 밖으로 나갔다.

바닥을 흥건히 적시고 있는 붉은 피를 바라보던 야율척은 불결한 것을 본 것처럼 인상을 찌푸리고는 밖으로 나갔다.

아침이 되자 천룡장이 다시금 시끄러워졌다.

암영천군단의 허유가 작은 종이 하나를 들고 급히 무호성을 찾은 것이다.

"이게 뭡니까?"

"주군이 써놓으신 것 같습니다."

허유의 다급한 표정과 목소리에 뭔가 일이 생겼다는 것을 직감한 무호성은 그가 건넨 종이를 보았다.

야율척 죽이러 간다.

종이에 적힌 내용이 무슨 뜻인지 모르겠다는 듯 무호성이
허유를 바라보았다.

"야율척은… 천마신교의 군사였습니다. 그리고 어제 단일
풍이라는 사람과 함께 왔던 문상, 동방책이 바로 야율척입니
다."

"……!"

허유의 설명에 무호성의 눈이 크게 뜨였다.

동방책의 정체가 천마신교의 군사였던 야율척이라는 사실
에도 놀랐고, 그런 야율척을 죽이기 위해 천마가 무림맹으로
들어갔다는 사실 때문이기도 했다.

"그럼 어르신은?"

"무림맹으로 가신 것 같습니다."

허유의 말에 무호성은 심장이 덜컥 내려앉는 것 같은 느낌
이 들었다.

동방책, 아니, 야율척을 죽이는 것은 천마의 무위로 봤을
때 어려운 일은 아니었다. 하지만 무림맹에는 단일풍이 있었
다.

전날 보았던 단일풍은 그전까지 자신이 알던 단일풍과는

뭔가 달랐다.

이상하다는 생각을 하고 있었는데 요치우와 당천신으로부터 구양진공의 죽음에 단일풍이 관여되어 있는 것 같다는 이야기를 듣고 난 뒤에야 고개를 끄덕일 수 있었다.

단일풍이 혈교의 인물이라는 의심을 하고 있는 상황에서 천마가 혈혈단신으로 무림맹을 찾았다면 위험할 수도 있었다.

무호성 자신이 알고 있는 단일풍의 무위는 천마와 비등하거나 그것보다 약하지만, 원래의 힘을 숨기고 있을 가능성이 컸다.

"제가 무림맹에 다녀오겠습니다."

"그래 주시면 감사하겠습니다."

허유가 무호성에게 공손히 허리를 굽혔다.

마인이기 때문에 무림맹에 들어갈 수 없는 상황에서 그나마 쉽게 부탁할 수 있는 사람은 무호성밖에 없었기에 흔쾌히 무림맹에 가보겠다고 하는 그에게 고마운 마음이 컸다.

"아닙니다. 그럼 지금 당장 다녀와야겠네요."

무호성이 허유를 뒤로하고 곧장 무림맹으로 향했다. 발걸음을 옮기는 그의 표정은 딱딱하게 굳어 있었다.

무림맹에 들어온 무호성은 곧장 사자각으로 향했다.

예전과는 확실히 달라진 위압감을 느끼면서 무호성은 쏩

씁쓸한 미소를 지었다.

"어서 오게."

무호성이 맹주 집무실에 들어서자 단일풍이 그를 맞이했다.

"오랜만입니다."

"그렇군. 금가장 여식의 일은 참으로 안타깝게 됐네."

"……."

단일풍의 말에 무호성은 가슴 한쪽이 아려오는 것을 느끼며 고개만 끄덕였다.

"그래, 무슨 일인가? 일부러 당분간은 부르지 않을 생각이었는데."

"그러실 필요 없습니다. 어차피 복수는 해줘야 하지 않겠습니까? 그렇다면 슬픔은 잠시 접어두고 어서 적들과 마주하는 편이 좋습니다."

무호성의 담담한 목소리에 단일풍이 고개를 끄덕였다.

"그렇군. 잠시 기다리게. 그렇지 않아도 문상을 불렀네."

야율척의 이야기가 나오자 무호성의 눈에 이채가 스쳐 지나갔다.

"알겠습니다. 그렇게 하지요."

약간의 시간이 지나고 야율척이 왔다.

그의 손에는 커다란 지도가 들려 있었고, 얼굴에는 피곤한 기색이 역력했다.

"후우, 적들의 움직임을 예측하고 잡아내는 것이 생각보다 어렵습니다."

"그래도 표정을 보아하니 잡아내신 것 같습니다."

"힘들었습니다. 정말 치밀한 놈들입니다."

야율척과 단일풍이 주고받는 대화를 들으며 무호성은 속이 부글부글 끓어올랐다.

그들의 연극을 보고 있자니 당장에라도 출수하고 싶은 마음이 끊임없이 솟아나고 있었다.

하지만 확실한 증거를 찾기 전까지는 살심을 억눌러야만 했다.

"이 지도를 보십시오."

야율척이 탁자 위에 지도를 펼쳤다. 그리고는 여기저기를 가리키며 뭔가를 설명하기 시작했다.

하지만 무호성의 귀에는 그런 것이 하나도 들어오지 않았다. 온통 천마의 안위와 단일풍의 정체에 대한 것만 머릿속에 가득했다.

그러던 중에 무호성의 눈에 이상한 것이 띄었다.

단일풍이 목에 걸고 있는 목걸이의 줄이 굉장히 낯익은 것이다.

'설마?'

그러다 문득 무호성은 금영령이 죽어가며 했던 말이 떠올랐다.

'천마신주!'

비록 목걸이 대부분이 옷 속에 들어가 있어 확인할 수는 없었지만 무호성은 그가 걸고 있는 것이 천마신주일 것이라 확신했다.

'단일풍이 영아를 죽인 건가?'

거기까지 생각이 미치자 무호성은 도저히 이 자리에 앉아있을 수가 없었다.

살심을 억누를 자신이 없었던 것이다.

"죄송합니다. 먼저 가봐야겠습니다."

"역시… 안색이 좋지 않아 보였는데. 가서 쉬게. 필요하면 사람을 보내도록 하지."

"예."

무호성이 싸늘한 표정으로 집무실을 나왔다.

야율척이 멀쩡히 살아 있다는 것은 천마가 그를 만나지 못했거나 죽이는 데 실패하고 목숨을 잃었거나 둘 중 하나였다.

하지만 전자 쪽보다는 후자 쪽이 훨씬 가능성이 높았다.

'영아와 어르신의 복수. 내 손으로 반드시 하고야 말겠다, 단일풍.'

무호성이 주먹을 으스러지도록 쥐었다.

천룡장에 돌아온 무호성은 요치우와 당천신, 허유를 불러 단일풍이 천마신주를 목에 걸고 있었다는 것과 야율척이 멀쩡히 살아 있다는 것을 말해주었다.

야율척이 살아 있다는 말에 허유의 안색이 창백해졌다.

그가 살아 있다는 것은 천마가 당했다는 말과 같았기 때문이다.

"이럴 수가."

허유가 중얼거렸다.

그가 받은 충격은 상당했다. 수십 년간 오해를 안고 그를 증오하면서 살아온 그다.

오해가 풀리고 여전히 천마가 자신들을 위하고 있다는 마음을 느꼈을 때 굳게 다짐했었다.

자신이 죽는 한이 있더라도 천마의 안위만을 생각하겠다고.

지금까지 하지 못했던 충성을 수백 배 더 하겠노라고.

그런데 천마가 죽었다.

자신이 결심한 것을 제대로 실천하지도 못했는데 세상을 떠났다.

허유는 억장이 무너지는 것 같은 아픔을 느꼈다.

"자네, 괜찮은가?"

요치우가 걱정스런 표정으로 물었다.

"괜찮습니다."

허유가 어금니를 꽉 깨물며 대답했다.

그는 울지 않았다.

아니, 울 수 없었다.

천마의 복수를 하기 전까지는 절대 울지 않겠다고 속으로 계속해서 다짐하고 있는 중이었다.

훗날 복수를 끝낸 후에 천마의 무덤 앞에서 그간 참아온 슬픔을 모두 토해낸 후 자신도 뒤를 따를 생각이었다.

"주군의 시신을 수습해야 합니다."

"음……."

허유의 말에 요치우와 당천신이 고개를 끄덕였다. 하지만 지금으로서는 당장 어떻게 할 수 있는 방법이 없었다.

차라리 저들이 무림맹을 장악한 뒤에 거무튀튀한 속내를 겉으로 드러냈다면 수월하겠지만 철저히 중원 전체를 속이고 있는 상황에서는 도리가 없었다.

"아직 그가 세상을 떠났다고 확신할 수는 없네. 만약 그를 살려두었다면 적어도 자네들을 회유할 수단이 될 수 있으니까."

요치우의 말에 허유는 고개를 끄덕였다.

자신이 직접 눈으로 시신을 확인하거나 야율척으로부터 직접 천마의 죽음에 대한 이야기를 듣기 전까지는 성급한 판단은 뒤로 미뤄야 했다.

하지만 계속해서 고개를 드는 불길함은 어쩔 수가 없는지 허유의 표정은 어둡기만 했다.

"거의 확실하군. 단일풍과 야율척, 두 사람이 혈교에서 중요한 위치 이상을 차지하고 있는 것이. 그럼 어떻게 저들의 정체를 만천하에 드러내느냐가 문제인데."

요치우의 말에 무호성도 고개를 끄덕였다.

"결정적인 단서를 잡아야 합니다. 구파일방과 오대세가의 명숙들을 대동한 자리에서 그 증거를 포착할 수 있다면 중원 전체에 알리는 것은 일도 아닐 겁니다."

"무림맹 내에도 각파 명숙들이 있을 테니 그들과 얘기를 해봐야겠군."

당천신의 말에 요치우가 고개를 저으며 말했다.

"내 생각에 단일풍과 야율척이 무림맹을 장악했다면 그들도 회유를 당했거나 목숨을 잃었을 것이 분명하네. 수고스럽더라도 구파일방과 오대세가에 직접 다녀오거나 서찰을 보내는 편이 좋을 것 같네."

"그런 문제라면 서찰보다는 직접 얼굴을 맞대고 얘기하는 편이 좋을 것 같습니다."

"소림, 무당, 화산, 종남 정도라면 모를까 다른 곳은 너무 멀어. 당문 같은 경우에야 이 친구가 나서면 된다지만."

"제가 직접 다녀오겠습니다. 걱정 마십시오. 한 달 안에 돌아오겠습니다. 그전까지 결정적인 증거를 찾아야 합니다."

"한 달 만에 다녀올 수 있겠느냐?"

"충분합니다."

무호성이 고개를 끄덕이며 대답했다. 호남성에 들어서자마자 천룡장까지 내달렸던 속도를 생각한다면 한 달 안에 구파를 모두 다녀오는 것이 불가능할 것 같지는 않았다.

　"그렇다면 서두르는 것이 좋겠구나."

　"내일 바로 출발하겠습니다."

　"고생해라."

　당천신의 말에 고개를 끄덕인 무호성이 자리에서 일어났다.

　　　　　*　　　*　　　*

　사자각 지하 연공실.

　단일풍은 자그마한 단상 위에 천마신주를 올려놓고 그 앞에 앉아 있었다.

　그런데 한 가지 특이한 점이 있었다.

　단상과 단일풍을 중심으로 동그란 원형진이 설치되어 있었다.

　"후우, 드디어……."

　그렇게 중얼거린 단일풍이 서서히 진기를 끌어올렸다.

　몸 밖으로 흘러나온 기운은 놀랍게도 주변에 그려져 있는 원형진으로 빨려들어 가듯 흘러갔다.

　우우우우웅!

단일풍의 진기를 끊임없이 빨아들이고 있는 원형진이 공기를 진동시키며 요란하게 울어댔다.

그러더니 시커먼 안개 같은 것이 원형진 위쪽으로 솟구쳐 올라 단일풍과 천마신주가 놓여 있는 단상을 그대로 삼켜 버렸다.

단일풍과 천마신주를 삼킨 검은 안개는 점점 뭉치고 뭉치더니 이내 단단한 껍질을 만들었다.

가까이 다가가서 아무리 세게 후려쳐도 결코 부서지지 않을 것같이 보이는 껍질이었다.

그 껍질 안에서 단일풍은 계속해서 진기를 원형진에 공급하고 있었다. 아직까지는 아무렇지도 않은 듯 보였지만 가지고 있는 진기의 양에 한계가 있기 때문에 언제까지 지금의 상태를 유지할 수 있을지는 미지수였다.

한 식경 정도의 시간이 지나자 점차 단일풍의 얼굴에 힘든 기색이 보이기 시작했다.

그가 가진 진기의 양은 굉장한 수준이었지만 원형진이 빨아들이는 기운의 양은 상상을 초월했다.

점차 단일풍의 단전은 바닥을 보이기 시작했고, 그럴수록 그의 표정은 점점 더 일그러져 갔다.

우웅! 우우우웅!

단일풍의 상태를 알아차리기라도 한 듯 원형진이 더 크고 긴 울음을 토해내었다.

그리고 그 순간, 천마신주가 변하기 시작했다.

동그란 구슬 모양의 천마신주가 서서히 흐려지기 시작하면서 검은 안개처럼 변하고 있었다.

그렇게 안개처럼 변한 천마신주가 원형진 안쪽을 한 바퀴 회전하더니 이내 단일풍의 백회혈 쪽으로 빨려들어 갔다.

"큭!"

단일풍의 입에서 신음이 흘러나왔다.

아무리 백회가 대자연의 기운과 사람을 하나로 이어주는 통로라지만 한꺼번에 많은 양의 기운이 빨려들어 오자 감당하기 어려운 것이다.

천마신주는 계속해서 기체화되고 있었고, 기체화된 천마신주는 쉬지 않고 단일풍의 백회혈을 통해 그의 체내로 빨려들어 가고 있었다.

반 시진 정도의 시간이 흐르자 단일풍의 표정에 또 한 번의 변화가 생겼다.

잔뜩 일그러져 있던 그의 얼굴이 이제는 굉장히 편안해 보였다.

지그시 눈을 감고 백회를 통해 빨려들어 오는 기운을 하단전으로 밀어 넣고 있었다.

이윽고 천마신주가 완전히 기체화되어 단일풍의 백회혈로 빨려들어 가자 그는 원형진에 공급하고 있던 자신의 기운을 다시 회수했다.

쾅! 쾅! 쾅!

그의 몸속에서 수차례 충돌음이 들렸다.

백회혈을 통해 빨려들어 간 천마신주의 기운과 원래 단일풍이 가지고 있던 기운이 그의 몸속에서 거칠게 충돌하는 소리였다.

단일풍은 계속해서 신음을 흘렸다.

그러면서도 운기를 통해 두 기운을 융화시키기 위해 안간힘을 쓰고 있었다.

그렇게 단일풍은 몰아지경으로 빠져들어 갔다.

사자각 지하 연공실 앞에서 단일풍이 나오기를 기다리고 있는 야율척의 입가에는 미소가 번져 있었다.

정확히 말하자면 무언가를 기대하는 표정이었다.

단일풍이 천마신주를 가지고 지하 연공실에 들어간 지 정확히 나흘째 되는 날.

야율척은 단일풍이 지하 연공실에 들어가기 전에 했던 말을 떠올렸다.

"정확히 나흘 후에 나올 것이다. 준비 끝내놓도록."

단일풍이 말한 준비는 다 끝내놓았다.

이제 남은 것은 그가 출관하여 모든 것을 지휘하는 것뿐.

야율척이 기대감을 가질 수밖에 없는 이유였다.

드르륵.

드디어 지하 연공실의 문이 열리며 개운한 표정의 단일풍이 모습을 드러냈다.

"수고하셨습니다."

"준비는?"

"모두 끝났습니다."

단일풍의 물음에 야율척이 떨리는 목소리로 대답했다.

지금까지 얼마나 이 순간을 기다려 왔던가?

자신들의 세상을 여는 첫 걸음을 떼는 순간이었다.

야율척의 대답에 만족스런 표정을 지은 단일풍이 앞으로 걸어나가며 말했다.

"모두 불러들여라. 유희는 끝이다. 지옥을 보여주도록."

"분부대로 하겠습니다."

야율척이 공손히 허리를 굽혔다.

第七章
자변수(自變數)

다음날 아침이 되어 무호성은 일단 소림으로 출발했다.

무호성이 천룡장을 떠나고 난 이후 암영천군단과 파천수호위가 번갈아 무림맹 외부의 동태를 살피기로 했다.

지금의 상황에서 자유롭게 무림맹을 드나들 수 있는 사람은 당천신과 요치우였기에 두 사람이 수시로 내부의 상황을 확인하기로 하고 곧장 실천에 들어갔다.

하지만 감시고 뭐고 할 것도 없이 곧장 무림맹에서 이상 징후가 포착되었다.

낯선 무인들이 떼를 지어 무림맹 안으로 들어가기 시작했고, 마치 전투 준비를 하듯 무인들이 병장기를 손질하고 있었던 것이다.

상황이 그렇게 돌아가니 당천신과 요치우도 무림맹 안으로 들어가는 것이 어렵게 되었다.

만약 저들이 본색을 드러내려 하는 것이라면 괜히 안으로 들어갔다가 자칫 목숨을 잃을 수도 있기 때문이었다.

수적으로도 그렇고 고수의 숫자도 부족한 상황에서 지금은 저들이 하는 양을 지켜보며 가만히 웅크리고 있는 것이 최선의 방법이었다.

당천신과 요치우로서는 이와 같은 상황에 인상을 찌푸릴 수밖에 없었다.

만약 저들이 이대로 중원 정복의 야욕을 드러낸다면야 지금까지 생각했던 것들을 굳이 실행에 옮기지 않아도 상관없었다.

하지만 문제는 무호성이 돌아올 한 달의 기간 동안 저들이 무림맹 안에서 웅크리고 있을 때다.

그렇게 된다면 제대로 된 증거 확보도 하지 못한 상황에서 무림 명숙들만 데려오는 꼴이 될 것이었다.

한 달의 시간을 허비하는 것도 문제가 되겠지만 자칫 모두가 한자리에 모인 상황에서 적들의 공격을 받는 최악의 상황에 몰릴 수가 있었다.

지금까지 봐온 야율척의 머리라면 그런 것도 충분히 생각하고 있을 수 있었다.

"뭔가 꼬여가는군."

요치우가 가만히 중얼거렸다.

*   *   *

천년 소림의 경내는 그 어떤 일이 있어도 고요했다.

고강한 무공을 수련하는 무승이라 하더라도 소림사 경내에서는 그저 부처님을 모시는 수도승일 뿐이었다.

숭산 소실봉까지 오르는 한적한 길.

걸음을 재촉하는 사람이 있었다.

끄트머리에 붉은 핏물이 든 하얀 천룡포 자락을 휘날리며 걷는 사내.

무호성이었다.

그의 눈빛은 깊게 가라앉아 있었다.

소림의, 아니, 숭산의 분위기는 경건하고 조용했다.

하지만 무호성은 그 안에 담겨 있는 불길함을 느낄 수 있었다.

그것은 숭산이나 소림사가 풍겨내는 것이 아니었다.

머나먼 곳에서부터 불어오는 것이었다.

무호성은 알 수 있었다.

무림맹을 중심으로 커다란 변화가 생겼다는 것을.

소실봉으로 향하는 무호성의 발걸음이 좀 더 빨라졌다.

소림 방장 무학 대사는 오랜만에 자신을 찾아온 무호성과 다도를 즐기고 있었다.

아무리 속세에 발걸음을 하지 않는다 하여도 현재 돌아가는 상황을 모르지는 않을 터. 그럼에도 그는 여유가 넘치고 있었다.

하지만 무호성도 굳이 그를 재촉하지 않았다.

지금 이 자리에서 시간을 조금 지체한다면 자신이 좀 더 부지런을 떨면 될 일이었다.

"워낙 오랜만에 사람과 마주하다 보니 무슨 말을 먼저 꺼내야 할지 모르겠습니다."

무학 대사의 말에 무호성이 미소를 지었다.

"일이 있어서 찾아왔습니다."

"대충 짐작은 하고 있습니다. 이곳에만 틀어박혀 지내는 통에 많은 것을 듣지는 못하지만 분위기는 느낄 수 있겠더군요."

무학 대사의 말에 무호성이 고개를 끄덕이며 본론을 꺼냈다.

"무림맹에서 심상치 않는 일들이 벌어지고 있습니다."

"맹 내부의 일입니까?"

"그렇습니다."

"외부의 일로 정신없이 지내다 보면 내부 단속이 어려워지는 법이지요. 그런데 이렇게 찾아오신 것을 보면 결코 가벼운 일은 아닌 듯합니다."

"맞습니다. 결론부터 말씀드리자면 무상이었던 단일풍, 그자가 이 모든 사건의 주범인 것 같습니다."

무호성의 말에 무학 대사의 눈썹이 살짝 꿈틀거렸다. 하지만 이내 방금 전의 표정으로 돌아왔다.

"그렇게 생각하시는 근거가 있습니까?"

무학 대사의 물음에서 무호성은 단일풍이 그간 생각보다 구파일방과 오대세가에 큰 신뢰를 쌓아왔다는 것을 느낄 수 있었다.

"말씀드리겠습니다."

한차례 침을 삼킨 무호성이 그간의 일들을 털어놓기 시작했다.

천마와 마인들에 관련된 이야기는 무학 대사가 모르고 있었던 일이지만 자세히 설명하기보다는 간략하게 줄였고, 단일풍과 관련된 일에 모든 초점을 맞추어 얘기했다.

무호성의 이야기를 다 들은 무학 대사는 한참 동안 눈을 감고 있었다.

그의 말을 믿지 못하는 것이 아니었다.

오히려 그 말이 진실이라는 것을 알기 때문에 더욱더 충격적이었다.

오랜 세월 불도에 정진해 온 그가 마음의 평정심을 잃을 정도이니 그 충격이 얼마나 컸는지 쉬이 알 수 있었다.

한참의 시간이 지나 무학 대사가 눈을 떴다.

어느 정도 마음을 추슬렀는지 그의 눈빛에는 조금의 흔들림도 없었다.

"그러면 시주께서 소림에 원하는 것은 무엇입니까?"

"저희는 증거를 찾을 겁니다."

"증거?"

지금 무호성이 하는 말로도 충분히 단일풍이 적이라는 것을 확신할 수 있었다.

그런데 또 무슨 증거가 필요하단 말인가?

그런 무학 대사의 의문을 느낀 듯 무호성이 말을 이어갔다.

"단일풍은 세상의 이목을 완벽하게 속이고 있습니다. 지금의 상황에서 제가 아무리 대외에 그가 적이라고 떠들어봤자 씨알도 먹히지 않을 겁니다. 하지만 무림 명숙들께서 확실한 증거를 가지고 대외적으로 발표를 한다면 믿지 않을 수가 없을 겁니다."

무호성의 말에 무학 대사가 고개를 끄덕였다.

비록 무호성이 지금까지의 활약으로 명성을 얻었다고는 하지만 중원 전체를 선동할 수 있을 만큼의 무게감은 아직 없었다.

물론 월천의 위명을 등에 업는다면 충분히 가능도 하겠지만 이렇게 직접 소림을 찾아온 것을 보면 그러고 싶지는 않은 모양이었다.

"그럼 어떻게 하는 게 좋겠습니까?"

"제 마음 같아서는 방장께서 직접 오셨으면 합니다만, 그것이 불편하시다면 다른 분을 천룡장으로 보내주셔도 좋습니다."

무호성의 말에 무학 대사가 잠시 생각에 잠겼다.

천룡장에 가는 것은 아무나 가도 상관없는 일이다. 하지만 누가 갔을 때, 누구의 입으로 모든 것이 밝혀졌을 때 효과적일 것인가를 생각해야 했다.

잠시 동안 생각에 잠겼던 무학 대사의 입이 떨어졌다.

"빈승이 가지요. 오랜만에 세속의 땅을 밟아보는 것도 좋을 것 같습니다."

무학 대사의 말에 무호성의 표정이 밝아졌다.

그 누구의 말보다도 천 년 소림의 방장인 무학 대사의 한마디가 엄청난 파급효과를 일으킬 수 있기 때문이다.

"그래 주신다면 저로서는 감사할 따름입니다."

무호성의 말에 무학 대사가 미소를 지었다.

"이런 식으로 모든 문파를 전부 돌아다닐 생각이십니까?"

"그럴 생각입니다."

"굳이 그러실 필요는 없을 것 같습니다."

무학 대사의 말에 무호성은 의아한 표정을 지었다. 하지만 곧 그의 입에서 흘러나온 말에 고개를 끄덕였다.

"무당에 가면 장문인의 사형인 청화 도장이 있습니다. 저와는 막역한 사이지요. 저와 그의 입이라면 충분할 겁니다."

청화 도장은 무당의 상징과 같은 사람이었다.

검으로 무당의 명성을 드높이고 성세를 이뤄낸 사람이다.

스스로 장문인의 자리를 거절했을 때 무당뿐만 아니라 중원 무림의 많은 사람들이 아쉬워했다.

그의 사제인 청진 도장이 장문인의 자리에 앉은 이후, 청화 도장은 한 번도 자신의 거처를 나오지 않았다.

하지만 무학 대사는 확신할 수 있었다.

청화 도장이라면 자신의 부탁을 들어줄 것이라고.

청화 도장이라면 사제의 죽음을 그냥 넘어가지 않을 것이라고.

무학 대사와 대화를 마친 무호성은 곧장 무당으로 떠났다.

*　　　*　　　*

해가 쨍쨍한 시각에 야율척은 자신의 집무실에서 수하들로부터 올라온 보고서를 읽고 있었다.

무호성의 출타.

예상했던 일이기에 그는 조금도 심각하게 생각하지 않았다.

아니, 정확히 말하자면 자신의 예측대로 흘러가고 있었다.

천룡장에는 요치우와 당천신이 있다.

무호성이 무림맹에 다녀간 뒤 얘기가 있었을 것이다. 단일 풍이 하고 있던 목걸이를 보고.

그 목걸이는 일부러 차고 있었던 것이다.

정체를 알아차리게 하기 위해서.

단일풍이 천마신주의 기운을 흡수하여 완벽하게 자신의 것으로 만든 이상 오십 년 전의 월천이 다시 온다고 해도 패하지 않을 것이다.

그렇기 때문에 일부러 자신들의 정체를 흘린 것이다.

어쨌든 무호성과 요치우, 당천신은 자신들의 정체를 짐작하고 세상에 공표하기 위해 증거를 찾을 것이다.

그리고 그 증거는 무림의 고명한 사람들을 통해 밝히는 것이 가장 효과적이다.

무호성은 그 때문에 천룡장을 떠났을 것이다.

현재 이쪽의 상황은 어떻게 돌아가는지 전혀 모른 채로.

"재밌군, 재밌어. 아주 재밌어."

그가 돌아왔을 때 과연 어떤 표정을 지을 것인가?

그리고 이미 상황은 돌이킬 수 없게 되었다는 것을 알게 된다면 어떤 마음이 될까?

깊은 절망의 수렁에 빠진 얼굴이 보고 싶었다.

정도무림이 최후의 보루로 생각하고 있는 무호성의 그런 표정이 너무나도 기대됐다.

야율척의 입가에 진정 즐거운 미소가 번졌다.

*　　　*　　　*

무당산을 오르는 무호성의 얼굴은 조금 긴장한 듯 살짝 굳어 있었다.

비록 자신의 사부만큼 강한 것은 아니었지만 무당을 상징한다는 청화 도장을 만나러 가는데 긴장을 하지 않는 사람은 없을 것이다.

단순히 무공의 고하를 떠나서 절대자의 위치에 서본 사람과 대면한다는 사실이 긴장도 됐지만, 약간의 흥분도 가져다주고 있었다.

특히나 무무의 경지에 들고 난 이후부터는 강한 상대를 만나면 자신과 비교해 보는 것이 습관처럼 되어버렸다.

무림맹에 들어가서 단일풍을 살펴보고 왔을 때에도 복수를 해야 한다는 생각과 함께 그와 자신을 비교해 보기도 했다.

지금도 그랬다.

과연 청화 도장의 무위는 어느 정도일지.

지금의 자신이 어느 정도 감당할 수 있는지.

그런 궁금증들이 머릿속 한구석에 자리 잡고 있었다.

하지만 그러면서도 가장 중요한 것은 금영령과 천마의 복

수, 그리고 더 나아가서는 혈교의 야욕을 막는 것에 있다는 것을 결코 잊지 않았다.

그러는 사이 무호성은 무당파 산문 앞에 도착했다.

아직까지 적들의 발길이 닿지 않은 무당파의 정문은 활짝 열려 있었다.

소림과 함께 중원 무림의 상징이라는 무당파의 자존심과 자신감이 고스란히 드러난 모습이었다.

무호성은 조심스럽게 정문 안쪽으로 들어갔다.

그러자 무당파 도사 두 명이 빠르게 무호성 쪽으로 다가왔다.

"죄송하지만 어떻게 오셨는지 물어도 되겠습니까?"

그들도 무인인지라 무호성에게서 풍기는 기도가 대단하다는 것을 느끼고는 조심스럽게 물었다.

"저는 무호성이라고 합니다."

무호성이 자신의 이름을 밝히자 무당파 도사들은 깜짝 놀란 표정을 지었다.

그에 대한 소문을 들은 적이 있는 것이다.

"대협을 만나게 되어 영광입니다."

무당파 도사들이 포권을 하며 무호성에게 살짝 허리를 굽혔다.

강호에 나온 이후로 대협이라는 소리를 처음 들은 무호성은 살짝 얼굴이 붉어지는 것을 느꼈다. 하지만 썩 듣기 싫은 소리는 아니었다.

"무슨 일로 오셨습니까?"

"청화 진인을 만나러 왔습니다."

무호성의 말에 도사들이 서로를 바라보며 시선을 주고받았다.

"죄송하지만 태사조님은 강호 활동을 접으신 이후로 한 번도 손님을 맞지 않으셨습니다."

"알고 있습니다. 그럼 이 서찰을 장문인께 좀 전해주시겠습니까?"

무호성이 소림을 떠나오기 전 무학 대사가 써준 서찰을 그들에게 건넸다.

"이건……."

"소림의 방장이신 무학 대사님께서 써주신 서찰입니다."

무호성의 말에 도사들의 눈이 커졌다. 다른 사람도 아니고 소림 방장의 서찰이라면 장문인에게 전달하는 것을 지체할 수 없었다.

"일단 저를 따라오시지요. 접객당으로 모시겠습니다."

도사들 중 한 명이 무호성을 데리고 접객당으로 가는 사이 다른 한 명의 도사는 서찰을 들고 장문인에게로 향했다.

접객당에서 차 한 잔도 채 다 마시기 전에 아까 자신을 안내했던 도사로부터 장문인이 찾는다는 소식을 들었다.

장문인의 거처인 자소궁으로 향하면서 무호성은 짧게 두 번 정도 심호흡을 했다.

자소궁에 도착한 무호성은 안내해 준 도사에게 감사의 인사를 하고는 안으로 들어갔다.

안에서는 무당파 장문인인 청진 도장이 무학 대사의 서찰을 든 채로 무호성을 기다리고 있었다. 내용을 읽은 후라 그런지 그의 얼굴은 살짝 상기되어 있었다.

"무호성입니다."

"청진일세. 앉지."

청진 도장이 무호성에게 자리를 권했다. 그리고 그가 앉자마자 숨 쉴 틈도 주지 않고 이야기를 꺼냈다.

"사형을 뵙고 싶다고?"

"예."

"서찰을 보니 중요한 일 때문에 사형을 천룡장으로 보내야 한다고 적혀 있던데."

"맞습니다."

"알고 있는지는 모르겠지만 사형은 내가 장문인의 자리에 앉은 이후에 한 번도 거처 밖으로 나오지 않으셨네."

"방장께서 청화 진인께 따로 적어주신 서찰이 있습니다. 그걸 보면 내려와 주실 거라 하셨습니다."

무호성의 말에 청진 도장은 자신이 어떻게 할 수 있는 부분은 아니라는 생각을 하며 고개를 끄덕였다.

"그럼 따라오게. 사형께 데려다 주겠네."

청진 도장의 말에 무호성이 고개를 저었다.

"굳이 장문인께서 직접 가실 필요는 없습니다. 다른 사람을 시키셔도……."

그러자 이번에는 청진 도장이 고개를 저으며 말했다.

"사형의 거처에 갈 수 있는 사람은 오직 나 하나뿐이네."

어쩔 수 없는 상황에 무호성은 고개를 끄덕이며 그를 따라 나섰다.

무당파는 무당산의 꼭대기에 있는 것이 아니다.

화산과 달리 넓게 펼쳐진 모양의 무당산에는 곳곳에 평편한 곳이 많기 때문에 굳이 꼭대기에 건물을 지을 필요가 없었다.

그나마 장문인의 거처인 자소궁이 가장 높은 곳에 있기는 했지만 꼭대기는 아니었다.

자소궁을 나선 청진 도장과 무호성은 무당산의 꼭대기 쪽으로 올라갔다. 산세가 험하지 않아 힘들지는 않았지만 사람들이 많이 드나들지 않는 까닭에 수풀이 울창했다.

이런 곳에 사람이 살 수 있을까 하는 생각이 들 정도였다.

반 시진 정도 올라갔을 때, 무호성은 문득 이상한 것을 느꼈다.

울창하던 나무들은 점차 줄어들고 점점 작은 풀과 가시덤

불이 많아지기 시작한 것이다.

그것을 보며 무호성은 진법이 설치되어 있다는 것을 알아차렸다.

"진법입니까?"

"그렇다네. 그냥 환영진일 뿐이야. 고수들의 이목을 속이기는 쉽지 않겠지만 어느 정도 귀찮은 것은 피할 수 있으니."

청진 도장의 말처럼 앞에 펼쳐진 환영은 별것 아니었다. 단순히 '여기를 지나가려면 좀 귀찮겠구나' 하는 생각이 들 정도의 수준이었다.

일각 정도 환영진을 뚫고 지나가자 다시 숲이 우거진 곳이 나왔다.

그런데 좀전과는 조금 느낌이 달랐다.

나무들 사이로 옅은 안개가 껴서 신비로운 느낌을 주는 곳이었는데, 그 사이에 작은 모옥이 하나 있었다.

"저곳이 사형이 계신 곳이라네."

굳이 청진 도장이 말하지 않아도 한눈에 그가 거처하는 곳이라는 것을 알 수 있었다.

모옥 가까이 가자 안쪽에서 걸걸한 목소리가 들려왔다.

"같이 온 사람은 누구냐?"

무당의 상징이라 불릴 만큼 고수였기에 무호성의 존재도 느낀 것이다.

"사형을 만나러 온 사람입니다. 소림 방장의 서찰을 가져

왔답니다."

"무학의?"

"예."

"안으로 들여라."

"알겠습니다. 들어가지."

무호성이 고개를 끄덕이며 청진 도장과 함께 안으로 들어가려 하자 다시금 청화 진인의 걸걸한 목소리가 들려왔다.

"너는 잠시 밖에 있어라."

"예? 알겠습니다."

무슨 생각으로 밖에 세워두는 것인지는 모르겠지만 청진 도장은 말없이 무호성에게 들어가라는 손짓을 했다.

심호흡을 한차례 하고 안으로 들어간 무호성은 가부좌를 틀고 앉아 있는 청화 진인을 보았다.

생각보다 젊어 보이는 모습에 무호성은 속으로 살짝 놀라고 있었다.

"앉아라."

"예."

"꺼내봐라."

무호성이 품에서 무학 대사의 서찰을 꺼내 그에게 공손하게 전했다.

"네놈, 월천의 제자냐?"

청화 진인의 말에 무호성은 또 한 번 놀랐다.

자신의 사부를 친구 대하듯 부르는 것에 한 번 놀랐고, 일부러 감추고 있던 자신의 기운을 읽어냈기 때문이다.

"뭘 그리 놀라느냐? 감춘다고 감춘 모양이다만 네 녀석이 걸치고 있는 그 장포만 봐도 딱 알 수 있다."

그제야 무호성은 자신이 천룡포를 걸치고 있다는 것을 깨달았다.

항상 입고 다니는 것이기에 이제는 입고 있다는 사실조차 잊어버릴 정도가 된 것이다.

"월천 그 친구는 잘 있느냐?"

"예, 정정하십니다."

"쳇! 그 친구는 골로 갈 생각도 안 하는군."

청화 진인이 서찰을 펼치며 투덜거렸다. 그리고는 슬쩍 한 번 훑어보더니 옆으로 휙 집어 던졌다.

"무학 그 친구가 다른 말을 하지는 않았느냐?"

"예. 그저 서찰을 전해주면 도와줄 것이라 했습니다."

"이깟 서찰을 가지고?"

청화 진인이 손을 한 번 휘젓자 볼품없이 바닥을 구르던 서찰이 무호성의 앞에 놓였다.

무호성은 서찰을 펼쳐 보았다.

종이에는 단 한 글자만 적혀 있었다.

출(出)

무호성도 헛웃음이 나올 정도였다. 도대체 이 한 글자로 어떻게 청화 진인을 속세로 내려보낸단 말인가?

"자초지종을 설명해 봐라."

청화 진인의 말에 무호성이 서찰을 내려놓고는 지금까지 있었던 일들을 설명하기 시작했다.

표정의 변화 없이 무호성의 이야기를 전부 들은 청화 진인이 입을 열었다.

"네 사부는 안 내려온다더냐?"

"그런 생각은 없으신 듯합니다."

"쳇, 오랜만에 삼존(三尊)이 다 모이나 싶었더니만."

청화 진인의 말에 무호성이 놀란 표정을 지었다.

'삼존? 삼존이라고?'

"왜 그리 놀라느냐?"

"방금 삼존이라고 하셨습니까?"

"그래. 그게 뭐 어쨌다고?"

하등 이상할 것 없다는 식으로 말하는 청화 진인을 잠시 동안 바라보던 무호성이 입을 열었다.

"진인께서도……."

"그래. 네놈 사부가 권존이고, 소림의 무학이 불존(佛尊)이고, 내가 검존(劍尊)이다."

전혀 몰랐던 사실이다.

월천이 삼존 중 한 명이었다는 것은 알고 있었지만 설마 무학 대사와 청화 진인이 불존과 검존일 것이라는 생각은 조금도 못하고 있었다.

삼존 중 두 명을 보고도 몰라봤으니 눈뜬장님이라 할 수 있었다.

"다 옛날 일이다. 아무튼, 그럼 내가 내려가서 할 일은 그저 말만 해주면 되는 것이냐?"

"예. 그거면 충분합니다."

"칼질은 안 해도 되는 거고?"

"예."

"그럼 됐다. 내려가마."

무호성은 다행이라는 생각이 들었다. 그러다가 문득 궁금한 것이 생겼다.

"진인께 한 가지 여쭤봐도 되겠습니까?"

"뭐냐?"

"왜 이곳에서 나가지 않으셨습니까?"

무호성의 질문에 청화 진인이 심드렁하게 대답했다.

"더 이상 내 검에 피를 묻히기 싫었다."

"하지만 피를 묻히지 않고는 살아갈 수 없는 곳이 강호 아닙니까?"

"맞다. 그렇기 때문에 여기서 한 발자국도 나가지 않은 거다. 강호에서 생활하면서 숱한 일들을 겪었다. 젊었을 때에는 힘을 과시하고 누군가에게 보여지는 것이 전부인 줄 알았지. 그런데 나중에 가서 깨달았지. 그 모든 것이 업보가 되어 나에게 돌아온다는 것을."

"하지만 수많은 무림인들이 피를 보고 살지 않습니까?"

"그렇다. 하지만 잘 생각해 봐라. 무림은 언제 칼 맞아 죽을지 모르는 곳이다. 하지만 내가 다른 사람의 피를 맛보지 않으면 어디선가 객사할 일은 거의 없지. 그리고 왜 어느 정도 강호 생활을 한 사람들이 활동을 접는지 아느냐? 후배들에게 물려주기 위해서? 허울 좋은 소리일 뿐이다. 다들 알게 되는 거지. 나중에 가서는 전부 자신에게 업이 되어 돌아온다는 것을."

청화 진인의 말을 무호성은 알 것 같기도 하고 모를 것 같기도 했다. 아직은 살아온 세월이 얼마 되지 않아 그런 것일지도 모르지만 이미 자신의 손에 묻힌 피를 되돌릴 수는 없다.

"네 녀석도 조심해야 할 거다. 어린 나이에 벌써 엄청난 피를 양손에 묻히고 살았으니. 업은 남녀노소 구별 않고 찾아오는 법이다."

청화 진인의 말을 무호성은 가슴 깊이 새겼다.

"이제 가자."

"예."

청화 진인이 지금까지 하고 있던 가부좌를 풀며 말했다.

우드득! 우드득!

"이런, 나이를 먹으니까 이런 게 힘들어. 한 일 년 가부좌하고 있었다고 이런 소리나 나고."

청화 진인의 말에 무호성은 깜짝 놀랐다.

'가부좌를 일 년이나 하고 있었다고?'

하루 이틀 운공에 빠져 가부좌를 틀고 있는 것도 힘든데 그걸 일 년이나 하고 있었다니.

무호성은 그가 참 알다가도 모를 사람이라는 생각을 하며 그와 함께 무당산을 내려왔다.

第八章

진에 (瞋恚)

신권무쌍

푸드득!

전서응이 날았다.

날카로운 눈매와 부리를 가진 한 마리 매가 드높은 창공을 가르며 어딘가로 빠르게 날아가고 있었다.

전서응의 목적지는 다름 아닌 무호성이었다.

무호성은 자신을 향해 날아온 전서응의 머리를 쓰다듬으며 그의 다리에 묶여 있는 서찰을 풀어보았다.

무학 대사께서 천룡장에 도착하셨습니다.

풍호량이 보내온 짧은 내용의 서찰이었다.

내용을 다 읽은 무호성이 다시 전서응을 하늘로 올려 보내며 청화 진인에게 말했다.

"무학 대사는 벌써 천룡장에 도착했답니다."

"그래? 빠르군. 하긴, 무학 그 친구 발이 좀 빠르긴 하지."

청화 진인의 말에 무호성은 피식 웃음을 터뜨렸다.

나이를 지긋하게 먹은 두 사람의 관계가 마치 젊은 시절의 그것과 조금도 달라지지 않은 것 같다는 생각 때문이다.

"뭘 그리 웃느냐? 네놈도 나이 먹어봐라. 다 그렇게 된다. 젊어서 만나 웃고 떠들던 친구를 나이 먹는다고 새삼스레 대할 것 같더냐? 천만에. 꼬부랑 할아버지가 되어서도 만나면 자연스레 옛 버릇이 나오게 될 게다."

청화 진인의 말에 무호성은 미소를 지은 채 고개를 끄덕였다.

호북성 균현을 떠나온 두 사람은 생각보다 빠르게 이동하고 있었다.

겉모습은 마치 산천 유람이라도 하듯 유유자적한 모습이었지만 한 걸음 내디딜 때마다 쭉쭉 앞으로 나아가고 있었다.

게다가 일전에 무호성이 그랬던 것처럼 두 사람은 관도를 따라 걷는 것이 아니라 천룡장을 향해 일직선으로 이동하고 있었다.

어디를 가든 돌아가는 것보다는 일직선으로 이동하는 것

이 가장 빠른 길이다.

그들에게 어지간한 것은 장애물이 되지 못했다.

울창한 숲도, 구릉도, 물길도.

하지만 멈추지 않고 거침없이 앞으로 나아가던 그들의 발목을 붙잡는 것이 있었다.

"네 녀석 실력 좀 봐야겠다."

"안 그래도 그럴 생각이었습니다."

청화 진인과 나란히 서 있던 무호성이 앞으로 걸어나갔다.

무호성의 정면에는 한 명의 노인이 서 있었다.

"혈교인가?"

"그렇다. 과분하게도 좌호법의 직책을 맡고 있지."

보통의 노인 입에서나 나올 법한 기운없는 목소리였다.

무호성의 눈빛이 무겁게 가라앉았다.

전에 만났던 여상이 호법이었는지는 정확히 모르겠지만 자신을 혈교의 호법이라 말하는 적을 만나는 것은 이번이 처음이었다.

만약 눈앞에 서 있는 노인이 여상과 비슷한 무위라면 충분히 이길 자신이 있었다.

"나를 감당할 수 있겠나?"

건방지게 들릴 수 있는 무호성의 말을 좌호법은 덤덤하게 받아들였다.

"파천문에서 월천과 함께 사라졌다가 다시 나타났다는 얘기를 들은 적이 있지. 솔직히 말하면 힘들 것 같다는 생각 때문에 장난감들을 조금 준비했는데."

무호성은 상대가 사부를 평대하는 것에 울컥했지만 그다음에 나타난 사람들의 얼굴을 보고는 두 눈을 부릅떴다.

낯익은 사람들.

운남에서 만났던 초월향 일행이었다.

"안면이 있는 사이지?"

좌호법의 입가에 비열한 미소가 번졌다. 그 모습을 무호성은 살기 어린 눈빛으로 노려보았다.

"오랜만이네요."

그러는 사이 초월향이 먼저 무호성에게 인사를 건넸다. 하지만 그는 싸늘한 표정을 지을 뿐이었다.

"반갑지 않은가요?"

"반가워? 웃기는군."

날이 선 무호성의 목소리에 초월향이 섭섭한 표정을 지었다.

"섭섭하군요. 그래도 꽤 오랜 시간 함께 다녔는데."

"필요에 의해서 그랬을 뿐 그 이상도 그 이하도 아니었다."

"그랬군요."

초월향의 목소리가 작아졌고, 얼굴에서는 노골적인 아쉬움이 드러났다.

"한 가지 묻지. 원래부터 혈교 사람이었나?"

무호성의 질문에 초월향이 그를 빤히 바라보았다. 그리고
는 천천히 입을 열었다.

"그랬다면 어쩔 건가요? 처음부터였든 나중에 가서 입교했
든 지금은 혈교 사람이에요."

그녀의 말처럼 어찌 됐든 지금은 적이다.

고개를 끄덕인 무호성이 초월향과 궁납, 행무식을 한 번씩
바라보았다.

일전에 요치우를 찾아갔을 때,

초월향과 행무식, 궁납을 본 적이 있었다.

그래도 나름 잘살고 있는 것 같아 안심했던 기억이 아직까
지 남아 있었다.

그런데 이렇게 되다니.

무호성은 알고 있었다. 그들이 처음부터 혈교 사람은 아니
었다는 것을.

적어도 자신이 요치우를 찾아갔을 때까지만 해도 그들은
혈교의 신도가 아니었다.

'둘 중 하나로군. 스스로 혈교에 빠져들었던가, 아니면 저
들이 꼬드겼던가.'

무호성의 눈빛이 더욱 낮게 가라앉았다.

무호성이 세 사람을 정리하는 데 걸린 시간은 촌각에 불과
했다. 그 모습을 뒤에서 바라보고 있던 청화 진인이 혼잣말로

중얼거렸다.

"시간이 너무 오래 걸렸어."

하지만 혼잣말은 혼잣말이 아니었다. 얼마나 목소리가 컸던지 조금 떨어져 있는 좌호법에게까지 들릴 정도였으니.

하지만 무호성은 지금 그의 말에 신경을 쓸 수가 없었다.

거대한 분노.

가슴속에 치밀어 오르는 분노로 인해 그의 말은 귀에 들어오지도 않았다.

"장난감을 잘못 가져왔군. 제대로 시험도 못해봤어."

좌호법의 시선이 마혈을 제압당한 채 바닥에 누워 있는 세 사람에게 닿았다.

그는 초월향 일행을 마치 더러운 쓰레기 바라보듯 대하고 있었다.

"네놈은 아주 고통스럽게 죽여주겠다."

"무섭군. 너무 무서워서 세상 다 산 늙은이의 오금이 저릴 정도야."

좌호법이 미소를 지으며 대꾸했다. 그 모습에 무호성은 더욱더 화가 치밀어 올랐다.

굳이 초월향 일행이 아니라 하더라도 애꿎은 사람을 이용해 소모품 취급을 하는 것 자체를 용서할 수 없었다.

"오라."

무호성이 손가락을 까딱거리며 좌호법을 도발했다.

그러나 좌호법은 나이를 허투루 먹은 것이 아니었다. 무호성의 도발에도 그는 미소를 지우지 않은 채 천연덕스럽게 대답했다.

"늙어서 움직일 힘도 없다네. 그러니 자네가 먼저 오지."

팟!

무호성이 빛의 속도로 좌호법을 향해 쇄도해 들어갔다.

갑작스런 쇄도에도 좌호법은 눈 하나 깜짝하지 않고 여유롭게 발을 놀렸다.

그의 발이 마치 구름 위를 걷듯 사뿐히 움직였다.

그럼에도 빠르게 쇄도하는 무호성의 공격을 피해내었다.

아니, 피해냈다고 생각했다.

'뭐? 이, 이런!'

분명 피했다.

무호성의 주먹이 자신의 옷깃을 스치고 지나가는 것을 두 눈으로 똑똑히 확인했다.

그런데 지금의 상황은 어떻게 된 것인가?

'어째서 내 뒤에 있는 것이냐!'

퍽!

우지끈!

무호성의 주먹이 좌호법의 등을 강타했다. 그리고 뼈가 부러지는 소리가 크게 들렸다.

"어이쿠! 이제 사람 구실은 못하겠구나!"

그 소리를 듣고 청화 진인이 소리쳤다. 하지만 무호성의 주먹은 멈추지 않았다.

퍼퍼퍼퍽!

우지끈!

등을 후려쳐 척추를 분질러 놓은 무호성이 이번에는 정면에 나타났다.

그리고는 주먹으로 그의 갈비뼈를 사정없이 두들겼다.

좌호법의 눈은 이미 풀려 있었다.

이 정도일 줄이야.

잘못 생각해도 한참을 잘못 생각했다.

여상과 싸웠던 일은 자신도 들어 알고 있었다. 그리고 아까 말했던 것처럼 무호성이 사라졌다가 다시 나타났다는 것도 알고 있었다.

하지만 그 기간이 워낙 짧았기 때문에 이 정도의 발전을 이뤄냈을 것이라는 생각은 조금도 하지 않았다.

그 때문에 여상과의 싸움에서 그렇게 고전을 했다면 자신은 충분히 이길 수 있을 것이라는 자신감이 있었다.

아니, 정확히 말하면 자신감이 아니라 자만심이었다.

그 결과가 지금 이 모양 이 꼴이다.

신음도 낼 수 없다.

부러진 갈비뼈가 폐를 찔렀기 때문이다.

척추를 타고 지독한 통증이 올라왔다.

다리에 감각이 없어 지금 서 있는 건지도 알 수가 없었다.

중요한 것은 자신이 지금도 계속해서 두들겨 맞고 있다는 사실이고, 어떻게 맞았는지 알 수 없다는 것이었다.

털썩.

좌호법이 그대로 쓰러졌다.

얼굴은 찌그러져 있었고, 입은 뻐끔거리고 있었다.

미친 듯이 뒹굴며 비명이라도 지르고 싶었지만 몸이 따라 주질 않았다.

무호성은 그런 좌호법을 날카로운 눈빛으로 내려다보았다.

"죽일 수 있었지만 죽이지 않았다. 이제부터 시작이다."

우지끈!

"끄르르르르!"

얼마나 아팠으면 조금 전까지 제대로 신음도 못 내던 그의 목구멍에서 피 고인 소리가 흘러나왔다.

천천히 그의 고개가 돌아갔다.

무호성의 발이 으깨 버린 자신의 팔이 눈에 들어왔다.

뼈가 가루가 되고 근육이 파열되고 혈관이 터져 나가는 고통은 상상을 초월했다.

"아직 안 끝났다."

우지끈!

무호성이 같은 쪽 다리도 짓밟았다.

좌호법은 정신이 아득해지는 것을 느꼈다. 그러면서도 결코 의식은 잃지 않았다.

그런 무호성의 모습을 뒤쪽에서 청화 진인은 말없이 바라보고 있었다.

"무량수불."

그의 입에서 나직이 도호가 흘러나왔다.

얼마 만에 읊어보는 도호인가.

하지만 지금 눈앞에서 벌어지고 있는 광경은 자신도 모르게 도호를 욀 정도로 지독했다.

말리고 싶었지만 그럴 수가 없었다.

무호성의 엄청난 분노가 자신에게로 전해져 왔기 때문이다.

절대 나서지 말라고 말하는 그의 거대한 분노가.

결국 무호성은 그의 사지를 전부 으깨 버렸다.

살아날 수도 없겠지만 설령 목숨을 부지한다고 해도 평생 앉을 수도 없는 불구자로 살아야 할 것이 분명했다.

좌호법의 영혼은 반쯤 염라대왕 앞에 가 있었다.

"이 정도 고통에 정신을 잃는가? 너희들이 장난감처럼 쓰다 버린 사람들이 느꼈을 고통은 이것보다 더하다."

무호성의 목소리가 저 멀리서 들려오는 메아리처럼 귓속을 간질였다.

"마음 같아서는 더욱더 심한 고통을 맛보게 하고 싶지만 이제는 저승으로 보내주겠다."

무호성이 주먹을 쥐었다.

얼마나 세게 쥐었는지 콰드득 하는 소리가 크게 들렸다.

쾅!

무호성의 주먹이 그대로 좌호법의 얼굴에 내리꽂혔다.

그러자 그의 안면이 함몰되며 머리 아래쪽의 땅이 움푹 꺼졌다.

하지만 좌호법의 생명력은 끈질겼다.

안면이 함몰되는 충격에도 그의 숨은 가늘게나마 이어지고 있었다.

그러나 그런 것은 전혀 상관없다는 듯 무호성의 주먹이 또한 번 그의 얼굴을 향해 내리꽂혔다.

쫘앙!

방금 전보다 더 큰 소리가 울려 퍼졌다.

이제는 더 이상 함몰될 것도 없는 얼굴이 그대로 땅속을 파고들었다.

쾅! 쾅! 쾅!

무호성의 주먹은 세 번이나 더 그의 얼굴에 내리꽂히고 나서야 멈추었다.

그의 주먹에서 좌호법의 피와 뇌수가 그대로 묻어 뚝뚝 떨어지고 있었다.

"진인."

"왜 그러느냐?"

"일전에 말씀하신 그 업보, 결코 잊지 않겠습니다."

"그래야지."

"하지만 당분간은 잠시 잊고 살겠습니다."

그 말에 청화 진인은 아무런 대답도 하지 않았다. 말을 한 무호성 역시 대답을 기대한 것은 아니었기에 그대로 초월향 일행을 향해 발걸음을 옮겼다.

마혈을 제압당한 채 누워 있었기 때문에 좌호법이 당하는 것을 보지는 못했지만 들리는 소리만으로도 그들을 공포에 떨게 하기에 충분했다.

그런 상황에서 자신들을 향해 다가오는 무호성의 발걸음 소리가 들리니 그 공포는 더욱 커졌다.

그들에게 다가간 무호성은 마혈을 모두 풀어주었다.

마혈이 풀렸음에도 그들은 일어서지 못하고 그대로 누운 채 온몸을 부들부들 떨기 시작했다.

신경이 돌아오면서 시작된 잔잔한 떨림은 어느새 거의 경기 수준에 이르러 있었다.

"일어나라."

무호성이 낮은 목소리로 그들에게 말했다.

하지만 경기를 일으킬 정도의 공포심에 그들은 옴짝달싹 도 할 수가 없었다.

"빨리 일어나!"

무호성의 고함에 세 사람은 덜덜 떨리는 몸을 억지로 움직여 자리에서 일어났다.

하지만 오금이 저려와 서 있는 것조차 굉장히 힘들어 보였다.

"네놈, 그 아이들을 어쩔 셈이냐?"

청화 진인이 무호성에게 물었다.

"캐낼 것이 있으면 캐내고 죽일 겁니다."

무호성의 냉정한 한마디에 세 사람의 떨림은 더욱 심해졌다.

"너희들, 아는 것 있으면 다 불어라."

무호성의 말에 세 사람은 아무런 말도 하지 않았다. 다 털어놓고 나면 죽인다는 말 때문인지 아는 것이 없어 그런 것인지는 알 수 없었다.

"빨리!"

무호성이 다시 한 번 고함을 질렀다. 그러자 행무식이 나서서 떨리는 목소리로 대답했다.

"저, 저희는 아, 아는 것이 어, 없습니다."

더듬거리면서도 용케 말을 마친 행무식은 잔뜩 겁에 질린 표정과 눈빛으로 무호성을 쳐다보았다.

하지만 무호성은 인상을 찌푸리며 그들을 바라보고 있었다.

"지, 진짭니다! 정말 아는 것이 없습니다!"

행무식이 소리쳤다.

그 옆에 서 있는 궁납은 서서 오줌을 지리기 일보 직전이었다.

초월향의 경우에는 공포심이 너무 지나쳐서 그런지 멍한 표정으로 몸을 부들부들 떤 채 멍하니 서 있었다.

"그럼 죽여야겠군. 너희들을 그때 살려둔 게 잘못이었다."

무호성의 말에 행무식과 궁납의 얼굴이 사색이 되었다. 결국 궁납은 선 채로 오줌을 지리고 말았다.

"사, 살려주십시오."

행무식이 기어들어 가는 목소리로 말했다.

지금 자신들의 앞에 서 있는 사람은 예전에 알던 무호성이 아니었다.

지옥의 야차.

염라대왕의 대행자.

저승사자.

그 어떤 말로도 표현하기 어려울 정도로 공포의 화신이었다.

"싫어… 죽기 싫어… 싫어! 아아아악!"

초월향이 그렇게 중얼거리더니 미친 듯이 소리를 지르기 시작했다.

그 모습에 무호성의 얼굴이 딱딱하게 굳었다.

더 화가 났다거나 하는 것 때문이 아니었다.

초월향의 변화가 이상했기 때문이다.

곁에 서 있던 행무식과 궁납 역시 그녀의 변화에 이상한 것을 느꼈는지 슬금슬금 거리를 두기 시작했다.

초월향이 여전히 소리를 지르며 허리를 굽혔다.

무호성은 허리를 굽히는 그녀의 눈빛 색깔을 볼 수 있었다.

피를 연상시킬 정도로 붉은 빛깔.

무호성은 무언가 잘못되어 가고 있다는 느낌을 받는 순간 뒤로 몸을 날렸다.

샤아아악!

어느새 길게 자라난 초월향의 날카로운 손톱이 무호성이 서 있던 자리를 빠르게 훑고 지나갔다.

빠르게 몸을 빼지 않았다면 앞섶이 그대로 찢겨 나갔을지도 모를 위험한 공격이었다.

무호성은 또다시 화가 났다.

왜 멀쩡한 사람을 저리 만든단 말인가?

도대체 무엇 때문에?

그러는 사이 초월향이 무호성에게 다가가기 시작했다.

자신에게로 걸어오는 초월향을 보며 무호성은 서서히 진기를 끌어올렸다.

"이제 죽이지 않으면 안 됩니다. 그녀를 위해서도."

무호성이 청화 진인에게 중얼거리듯 말했다. 그 역시도 같은 생각이라는 듯 안타까운 표정을 지으며 고개를 끄덕였다.

쐐에에엑!

초월향이 무호성에게 쇄도했다.

무호성은 피하지 않고 그녀에게 달려들었다.

그리고 두 사람이 서로 교차하는 순간!

푸아아악!

초월향의 입에서 붉은 피가 분수처럼 뿜어져 나왔다.

천천히 쓰러지는 초월향의 심장 부근에는 무호성의 주먹 자국이 선명하게 드러나 있었다.

"잘 가라."

그렇게 중얼거리고는 무호성이 궁납과 행무식을 바라보았다. 초월향이 저렇게 변했다면 그들도 변할 위험성이 있었다.

"저, 저희는 모르는 일입니다!"

"불어. 어떻게 된 건지 다 불어라. 지금 내 인내심이 바닥에 닿기 일보 직전이니까."

무호성의 말에 궁납과 행무식은 울먹이는 표정으로 말했다.

"혈교에 입교하고 얼마 지나지 않아 저 새끼가 초월향을 데려갔었습니다!"

궁납이 쓰러져 죽어 있는 좌호법을 손가락으로 가리키며 소리쳤다.

"너희는? 아무에게도 안 불려갔었나?"

"예? 예. 저희는 그저 잡일만 했을 뿐입니다. 돈을 많이 준다고 해서……."

하지만 무호성은 그 말을 믿을 수가 없었다.

불려가지 않았다고는 하지만 몸속에 이상한 것을 심으려면 얼마든지 그렇게 할 수 있었다.

"너희들, 혈교에 가서 무공을 배웠나?"

무호성의 물음에 두 사람은 잠시 머뭇거리더니 조심스럽게 고개를 끄덕였다.

스윽. 턱!

"헉!"

어느새 행무식 앞에 나타난 무호성이 그의 팔목을 덥석 잡았다.

깜짝 놀란 그가 팔을 빼내려 했지만 무호성에게 잡힌 팔목은 꿈쩍도 하지 않았다.

그가 그러든 말든 무호성은 그의 맥문을 잡고는 조금씩 진기를 흘려보냈다.

행무식의 체내에 이상한 점이 없는지 확인해 보려는 것이었다. 촌각의 시간 동안 진기를 흘려보낸 무호성의 눈빛이 살짝 흔들렸다.

원래부터 그가 가지고 있던 기운과 이질적인 무언가가 단전에 웅크리고 있었던 것이다.

'아마 그녀도 그랬겠지.'

초월향의 경우에는 극한의 공포와 정신적인 충격이 기폭

제가 되어 단전에 웅크리고 있던 이질적인 기운이 그녀를 잠식한 것이다.

하지만 행무식의 그것은 어떤 것을 계기로 발현될지 아직 알 수 없었다.

초월향과 같은 계기가 될 수도 있고, 아니면 다른 어떤 계기가 필요할 수도 있다.

궁남도 그러하리라.

중요한 것은 아직 그것이 각성하기 전에 알아차렸다는 것이다.

무호성은 잠시 생각에 잠겼다.

궁남과 행무식을 죽여 후환을 없애야 할지 아니면 이대로 데려가 원래대로 되돌릴 방법을 찾아야 할 것인지 고민하고 있었다.

그때 청화 진인의 목소리가 무호성의 귓전에 울렸다.

"감정이 격해진 상태에서는 제대로 된 판단을 할 수 없다. 그건 네놈도 잘 알지 않느냐? 심호흡 몇 번 하고 다시 생각해 봐라."

청화 진인의 말을 들은 행무식과 궁남은 그가 마치 하늘에서 내려온 옥황상제처럼 보였다.

무호성은 크게 심호흡을 두어 번 했다.

그리고는 잠시 생각을 하더니 청화 진인을 바라보며 말했다.

"이자들 단전에 불쾌한 무언가가 웅크리고 있습니다. 그놈이 깨어나면 이들도 저 여인처럼 될 겁니다."

"그럼 깨어나지 않도록 하면 되지 않겠느냐?"

"무엇이 기폭제가 되어 깨어나는지 모르는 상황이 아닙니까?"

"저 아이와 같지 않겠느냐?"

"그녀와 이들이 처한 상황은 똑같았습니다. 하지만 변한 건 그녀뿐이었고, 이들은 멀쩡합니다."

무호성의 말에 청화 진인이 고개를 끄덕였다. 자신이라 하더라도 고민이 될 것 같았다.

"두 사람은 이리 와라."

잠시 뭔가를 생각하던 청화 진인이 궁남과 행무식을 불렀다. 무호성의 눈치를 보던 두 사람은 부리나케 그에게로 다가갔다.

"내 특별히 필생의 도력(道力)을 이용해 너희들의 몸속에 잠재되어 있는 그것을 억눌러 주마. 그러니 가부좌를 틀고 앉아라."

내심 자신들의 몸속에 기생하고 있는 그것을 청화 진인이 없애주길 바랐으나 억눌러 주기만 한다는 말에 두 사람은 조금 실망한 표정을 지었다.

"왜? 싫은 거냐?"

"아, 아닙니다!"

청화 진인의 말에 손사래를 친 두 사람은 서둘러 바닥에 가부좌를 틀고 앉았다.

이윽고 청화 진인이 두 사람에게 도력을 불어넣기 시작했다. 그 과정이 꽤 힘든지 청화 진인이 인상을 찌푸렸다.

하지만 잠시 후, 그의 입에서 나온 말을 들은 무호성은 결코 그가 힘들어서 그런 것이 아니란 사실을 알게 되었다.

"네놈한테서 지린내가 요동을 치는구나. 끝나거든 일단 씻고 와라."

*　　　*　　　*

천룡장에 도착한 무학 대사를 맞이하는 요치우와 당천신의 태도는 굉장히 공손했다.

입이 거칠고 성격이 급한 당천신마저도 무학 대사 앞에서는 얌전한 모습만 보이고 있었다.

무호성으로부터 모든 이야기를 다 듣고 온 무학 대사는 요치우와 당천신에게 증거에 대한 이야기를 물었다.

무학 대사의 물음에 난처한 기색을 보인 두 사람이 무호성이 천룡장을 떠난 후의 상황을 차분하게 설명했다.

두 사람의 이야기를 들은 무학 대사는 뭔가 일이 틀어지고 있음을 알 수 있었다.

"아무래도 빈승이 맹에 잠시 다녀와야겠습니다."

무학 대사의 말에 요치우와 당천신이 난감한 표정을 지었다. 배분으로 보나 나이로 보나 자신들이 아래인데 예나 지금이나 계속 자신들에게 존대를 하고 있기 때문이다.

"일단은 며칠 쉬시지요. 어차피 호성이 그 아이가 오려면 시간이 좀 더 걸릴 겁니다."

요치우의 말에 무학 대사는 불호를 외며 조용히 고개를 끄덕였다.

하지만 얼굴에는 앞으로 불어닥칠 혈풍을 예감한 듯 불길함이 가득 묻어나고 있었다.

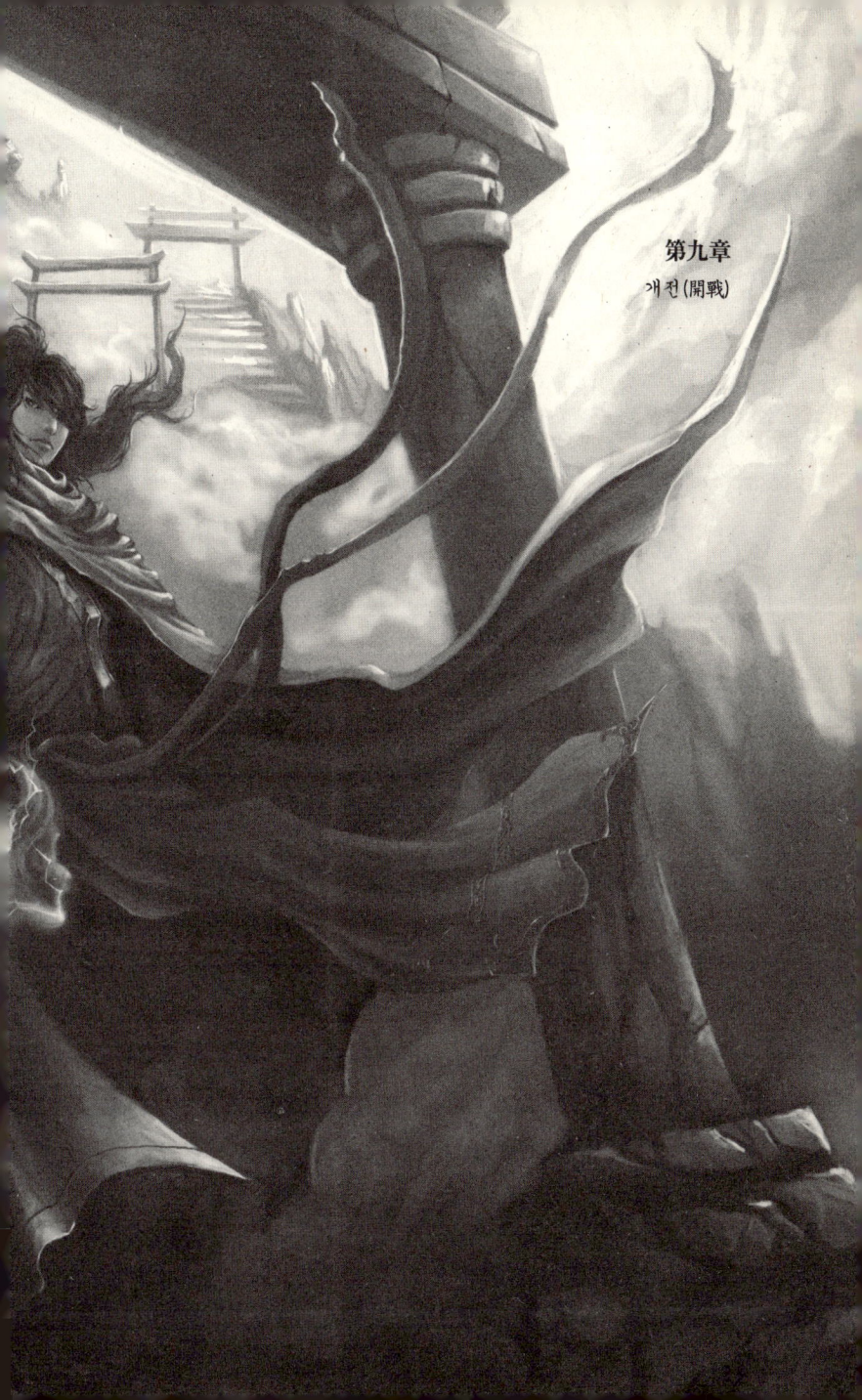

第九章

개전(開戰)

신권무쌍

무학 대사로부터 무호성이 각 문파를 다 돌아다니지 않고 무당에 들러 청화 진인과 함께 올 것이라는 이야기를 들은 요치우와 당천신은 생각보다 두 사람의 도착이 늦어지자 슬슬 걱정이 되기 시작했다.

지금까지의 상황을 보자면 무호성이 천룡장을 비운 사실이나 그의 행보를 야율척이 모를 리 없었다.

그렇다면 오가는 도중 충분히 습격이 있었을 가능성도 있었다.

물론 그렇다고 해서 무호성이 그들에게 당할 것이라는 걱정을 하는 것은 아니었다. 검존인 청화 진인도 함께 있는데 무슨 일이 생기겠는가?

그들이 걱정하는 것은 무호성이 빨리 도착해야 앞으로의 일에 대한 대책이 생기기 때문이었다.

물론 무학 대사와 두 사람이 머리를 맞대 나름의 계책을 마련할 수는 있겠지만 실질적으로 자신들을 이끄는 사람이라 할 수 있는 무호성이 없는 상황에서는 마음대로 하기가 조금 껄끄러웠다.

하지만 다행스럽게도 무호성과 청화 진인은 이틀 뒤 천룡장에 멀쩡한 모습으로 돌아왔다.

그리고,

그와 동시에 사단이 벌어졌다.

*　　　*　　　*

무호성은 진노하고 있었다.

청화 진인과 함께 천룡장에 돌아온 그 이튿날.

중원 전체에 무림맹이 내건 방이 붙었다. 그것을 발견한 염락수가 방 하나를 뜯어와 무호성에게 내밀었고, 그는 분노에 치를 떨었다.

중원 전체가 흉흉한 요즘 무림맹은 각고의 노력 끝에 흉수를 알아낼 수 있었다.

오십 년 전 멸문한 마교가 중원 정복의 야욕을 버리지 못하고 다시금 발호한 것이다!

그들은 현재 천룡장이라는 곳에 머물고 있는데, 그곳의 수장은 과거 권존이라 불렸던 월천의 제자로 알려진 무호성이며, 그와 함께 지내는 사람들 중 대부분이 마인이거나 마교에 동조한 자들이다.

그간 무호성은 정파의 가면을 뒤집어쓴 채 중원 사람들을 기만하고 뒤에서 온갖 음모를 진행시키고 있었다.

이는 감히 주제넘게 무림맹에 잠입해 또 한 번 맹주를 시해하려 했던 천마의 입에서 직접 들은 것이며, 무림맹의 정문에 천마의 시체를 효시하겠다.

지금 이 순간부터 무호성을 비롯한 천룡장에 있는 모든 사람을 무림 공적으로 선포하고 그들과의 전쟁에 돌입한다!

무림맹주 단일풍.

무호성은 방을 읽자마자 구겨 버렸다.

참을 수 없는 분노에 그의 몸에서 지독한 살기가 뿜어져 나와 방 안을 가득 메웠다.

"대장……."

염락수가 염려스런 목소리로 나직이 무호성을 불렀다. 하지만 그의 눈에서는 여전히 불길이 활활 타오르고 있었다.

"이런 식으로 나온단 말이지? 후후. 재밌군. 뒤통수를 제대로 맞았어."

그렇게 중얼거린 무호성이 자리에서 일어나 무학 대사와 청화 진인, 그리고 요치우와 당천신을 만나기 위해 밖으로 나갔다.

밖으로 나온 무호성은 천룡장에 머물고 있던 무림맹 무사들의 불안감을 고스란히 느낄 수 있었다.

괜히 자신들에게까지 불똥이 튀는 것은 아닐까 하는 걱정이었다.

물론 그들도 무호성이 그런 사람이 아니라는 것을 잘 알고 있었지만 바보가 아닌 이상 지금 흘러가는 상황이 결코 심상치 않다는 것은 충분히 알 수 있었다.

무호성은 그런 불안감을 고스란히 몸으로 느끼며 네 사람을 만나기 위해 발걸음을 재촉했다.

무호성이 네 사람을 만나러 갔을 때에는 그들 역시 무림맹이 내건 방을 읽은 후였다.

어처구니가 없고 화가 나는 상황이었지만 마냥 그러고 있을 수만은 없었다.

"아무래도 천룡장을 비우고 떠나야 할 것 같습니다. 이곳은 무림맹과 지척에 있습니다. 이대로 있다가 당하는 쪽은 저희들입니다."

"흥! 올 테면 와보라고 하지. 누가 겁날 줄 아느냐? 감히 나 당천신을 마교로 몰아?"

당천신은 과도하게 흥분하여 무호성의 말에 대꾸했다.

사천당문의 전대 가주이자 독왕이라 불리는 그를 한순간에 마교도로 몰아 공적으로 만들어 버린 것에 대한 분노가 상당한 듯했다.

"선수는 저들이 쳤네. 뒤통수를 맞은 게지. 지금 우리에게 선택권은 없어."

요치우의 말에 당천신은 아무런 대꾸도 하지 않았다.

무호성은 무학 대사와 청화 진인을 살폈다.

두 사람 역시 심기가 불편한 듯 표정이 좋지 않았다. 지금 같은 상황에서는 불존과 검존의 이름을 가지고 세상 사람들에게 해명을 한다 한들 먹히지 않을 것이 분명했다.

불존과 검존도 적에게 가담했다고 무림맹에서 공표해 버리면 끝이기 때문이다.

무학 대사와 청화 진인은 오랜 세월 강호 활동을 하지 않았고, 단일풍의 경우에는 꾸준히 활동하며 사람들로부터 덕망을 쌓은 상태였다.

"저들은 모두 다 알고 노렸을 겁니다. 불존과 검존께서 천룡장에 도착한 이후 곧바로 일이 터졌으니."

요치우의 말에 청화 진인이 고개를 끄덕였다.

"오랜만에 강호에 나왔는데 괜히 나왔다 싶구나."

청화 진인의 목소리에는 후회가 가득 담겨 있었다.

무당산 꼭대기에서 은거하며 마음의 평화를 찾고 깨달음

의 도를 갈구하던 그다.

차마 옛 친우의 부탁과 현재 강호의 위기를 그냥 두고 볼 수 없어 단순하게 생각하고 나왔다가 심기만 불편해진 것이다.

"죄송합니다."

"아니다. 네놈이 죄송할 게 뭐 있느냐? 그럴 시간에 차라리 지금의 상황을 어떻게 헤쳐 나갈 것인지 그것부터 방책을 강구해라."

청화 진인의 말에 무호성이 고개를 끄덕이며 말했다.

"창왕 어르신이 말한 대로 지금은 천룡장을 떠야 합니다. 문제는 어디로 갈 것인가 하는 것과 이동하는 동안 적들의 공격을 얼마나 버틸 수 있겠느냐 하는 것입니다."

무호성의 말에 다들 동감한다는 듯 고개를 끄덕였다.

무학 대사와 청화 진인은 내심 소림과 무당으로 가자고 하고 싶었다.

하지만 그 말이 차마 입 밖으로 나오질 않았다.

그랬다가는 자칫 소림과 무당마저도 오해를 받을 수 있기 때문이다.

속세에 대한 관심을 끊고 불공을 드리고 도에 매진했지만 지금 이 순간에는 누구보다 세속에 찌든 생각을 하는 자신들을 두 사람은 속으로 책망할 수밖에 없었다.

"섬서성으로 가는 게 좋겠습니다."

"섬서성?"

"사부님이 계신 곳입니다."

무호성의 말에 요치우가 고개를 저었다.

"섬서성에는 화산과 종남이 있다. 만약 그들이 무림맹의 말을 믿게 되면 호굴로 들어가는 것이나 마찬가지가 될 게다."

요치우의 말이 끝나기가 무섭게 남궁소소와 남궁찬이 안으로 들어왔다.

두 사람 모두 그간 많이 힘들었는지 얼굴이 초췌했다.

"남궁세가로 가는 게 어떻겠어요?"

남궁소소의 말에 모두가 그녀를 바라보았다.

"비록 세가가 화를 입기는 했지만 그곳이라면 충분한 도피처가 될 수 있을 거예요. 게다가 가는 길에 수로채의 도움을 받는다면 어느 정도 안전도 보장이 되겠죠."

남궁소소의 말에 사람들이 서로 시선을 교환했다. 다른 곳으로 가는 것보다는 그녀의 말처럼 남궁세가를 찾아가는 것이 나을 수 있겠다는 생각이 들었다.

"그럼 이제 문제는 하나 남았군. 어떻게 호남성을 빠져나가느냐 하는 것."

요치우의 말에 모두가 심각한 표정을 지었다.

자신들이 도피를 생각하고 있다는 것을 야율척이 예상하지 못할 리 없다.

그가 지금의 이런 상황을 모두 예상하고 있다는 가정하에 그에 대한 대비를 하고 있거나 끝마쳤다고 생각해야 했다.

쉽지 않은 일이었다.

사실 이 자리에 모인 사람들 대부분은 자신의 몸 하나는 건사할 수 있는 실력을 가지고 있었지만 밖에 있는 무림맹 무사들은 그렇지 않았다.

그렇다면 여기 있는 사람들과 암영천군단, 파천수호위가 그들을 보호하면서 이동해야 한다는 말인데, 그렇게 되면 속도가 너무 느려질 수 있었다.

"두 어르신들께서 앞쪽을 맡아주십시오. 소소와 찬, 그리고 염락수, 백우종, 종위현, 위악룡이 돕는다면 어렵지 않을 겁니다."

"그렇게 하마."

무호성의 말에 요치우와 당천신이 고개를 끄덕였다.

"그리고 중간은 마유웅와 마인들, 그리고 암영천군단에게 맡기고 저와 파천수호위는 후미를 맡겠습니다. 두 분께서는……"

무호성이 무학 대사와 청화 진인을 바라보며 잠시 뜸을 들였다.

"제 생각에 두 분께서는 사문으로 돌아가시는 것이 나을 것 같습니다. 괜히 저희와 함께 움직이시다가 완전히 마교로 굳어질 수 있습니다."

무호성의 말에 무학 대사와 청화 진인이 서로 시선을 주고받았다.

"빈승은 함께 가겠습니다."

"나도 간다."

두 사람의 말에 무호성은 놀란 눈으로 그들을 바라보았다.

"위험합니다. 그냥 사문으로 돌아가시는 것이 좋습니다. 두 분이라면 저들의 이목을 속이고 움직이는 것이 가능하니 이대로 몰래 사문으로 돌아가신다면 괜찮을 겁니다."

무호성의 말에 무학 대사가 가만히 고개를 저었다.

"빈승의 안위만을 생각한다면 애초에 내려오지도 말았어야 합니다. 하지만 이렇게 속세로 내려온 이상 이대로 돌아갈 수는 없지요."

"나도 마찬가지다."

무학 대사와 청화 진인의 말에 무호성은 답답함과 미안한 마음이 동시에 들었다.

"그럼 계획이 세워졌으니 최대한 빨리 준비해서 이동하도록 하겠습니다."

무호성의 말을 마지막으로 그들의 회의는 끝이 났다.

이제 남은 것은 안전한 탈출과 마지막 싸움뿐이다.

탈출을 위한 준비는 의외의 상황에서 제동이 걸렸다.

바로 무림맹 무사들 때문이었다.

가뜩이나 오해를 받고 있는 상황에서 그들과 함께 천룡장을 빠져나간다면 걷잡을 수 없는 사태로 번질 수 있다는 두려움 때문에 동행을 거부한 것이다.

옥박을 질러도 안 되고 회유를 해도 먹히지가 않았다.

그 때문에 요치우와 당천신은 상당히 애를 먹고 있었다.

그때 막 준비를 마치고 밖으로 나온 무호성이 그 상황을 보고는 무사들 앞에 나섰다.

"여러분이 무엇을 두려워하는지 알고 있습니다. 하지만 지금의 상황은 저들의 음모입니다. 짐작하고 계시는 분들도 있겠지만 단일풍은 혈교의 주구이고 그가 천거한 동방책 역시 과거 천마신교의 군사였던 야율척입니다. 저들은 자신들의 목적을 위해 우리를 공적으로 선포해 놓고 다 죽일 생각입니다. 그들에게 있어 여러분은 그저 목적을 이루기 위한 수단에 불과합니다. 그동안 수없이 봐오지 않았습니까? 사람 한 명을 괴물로 만들어 소모품처럼 사용하는 자들입니다. 이곳에 있으면 개죽음입니다. 저들이 우리를 싸잡아 적으로 공표한 이상 이곳 천룡장은 언제 저들이 칼을 들이밀지 모르는 불안한 곳입니다. 그래서 저희는 이곳을 탈출하여 그들과 싸우며 우리 자신의 오해와 억울함을 풀고 모든 것을 제자리에 돌려놓으려 하는 겁니다. 여러분은 어떻게 하실 겁니까? 이곳에 남아 개죽음을 당하겠습니까, 아니면 탈출하여 후일을 도모하겠습니까?"

무호성의 말에 무림맹 무사들이 소란스러워졌다.

그래도 남겠다는 사람들과 무호성의 말처럼 탈출하려는 사람들 사이에 갑론을박이 오가는 것 같았다.

하지만 그들의 토론이 끝날 때까지 기다려 줄 수 있을 만큼 여유로운 상황이 아니었다.

지금 당장에라도 저들이 천룡장을 포위하고 공격에 들어와도 하등 이상할 것이 없기 때문이다.

결국 약간의 시간이 지나고 무호성이 다시 입을 열었다.

"어떻게 결정을 하셨든 아직 고민 중이든 지금 떠나야 합니다. 시간을 지체하면 지체할수록 다가오는 것은 위기와 죽음뿐입니다."

말을 마친 무호성이 약간의 멈칫함도 없이 곧바로 몸을 돌렸다. 그 뒤를 따라 요치우와 당천신 등도 어디론가 발걸음을 옮겼다.

그런 그들의 모습을 본 무사들의 불안감은 더욱 커졌다.

지금의 상황에서 자신들의 방패막이라고 할 수 있는 무호성과 창왕, 독왕 등이 이대로 떠나 버린다면 자신들은 파리 목숨이나 다름없는 것이기 때문이다.

그때 한 무리의 무사들이 서둘러 자신들의 거처로 달려갔다.

빨리 짐을 챙겨 그들을 따라가지 않으면 정말 죽을지도 모른다는 생각 때문이었다.

그것을 보고 고민하고 있던 몇몇 무사들도 무호성 등을 따라가기로 마음먹고 서둘러 발걸음을 옮겼다.

그렇게 되자 무림맹 무사들 대부분이 자신들의 거처로 우르르 몰려가기 시작했다. 그럼에도 끝까지 고집을 부리고 남은 사람은 열 명 남짓에 불과했다.

반 시진도 지나지 않아 천룡장은 고집을 부리고 남은 열 명 남짓한 무사들만 남은 채 텅텅 비어버렸다.

천룡장을 떠나온 그들은 애초에 얘기했던 대로 진형을 짜 움직였다.

선두에 창왕과 독왕이 버티고, 중간에 마유웅을 비롯한 마인들, 무호성과 파천수호위가 뒤에서 호위하듯 이동하자 무림맹 무사들도 어느 정도 안심한 모습이었다.

게다가 청화 진인과 무학 대사가 무사들 틈에 섞여 함께 이동했기 때문에 그 어떤 적이 나타난다 해도 막아낼 수 있겠다는 생각이 들 정도로 든든했다.

머릿수가 많기는 했지만 이동 속도는 그 어느 때보다 빨랐다.

다행히도 금자천이 상회의 자금을 이용해 머릿수만큼 말을 구해준 것이다.

아무래도 두 다리로 달리는 것보다는 말을 타고 이동하는 편이 훨씬 편하고 빠르게 이동할 수 있어 좋았다.

다만 대부분의 무사들이 말을 타고 싸우는 기마전에 익숙하지 않았기 때문에 만약 적과 마주친다면 오히려 악재로 작용할 가능성이 높았다.

하지만 천룡장의 위치상 장강의 시작이라 할 수 있는 동정호까지 가려면 무림맹을 지나가야 했기에 굼뜨게 이동하여 목표가 되는 것보다는 조금 위험하더라도 말을 타고 빠르게 주파하는 것이 나았다.

두두두두두두두두두!

백여 마리가 넘는 말이 일제히 땅을 밟으며 내는 소리가 지축을 울리고 있었다.

금자천이 나름 좋은 말들로 골랐는지 두 시진째 쉬지 않고 달렸음에도 지친 모습은 보이질 않았다. 오히려 타고 있는 사람들의 얼굴에 피곤이 언뜻 스치고 있었다.

그렇게 반 시진 정도 더 쉬지 않고 달려 사람들의 피로가 극에 달하고 말들도 조금씩 지친 모습을 보이기 시작할 때쯤, 날카로운 파공성이 들려왔다.

수백 개의 비도가 전후좌우를 가릴 것 없이 사방에서 빠르게 날아들었다.

'시작된 건가?'

무호성은 날아오는 비도들을 쳐내며 속으로 중얼거렸다.

히히히힝!

"으악!"

몇 마리 말이 비도에 맞아 쓰러지면서 그 위에 타고 있던 무사들이 바닥으로 고꾸라졌다.

그 순간 무호성은 알아차렸다.

비도는 사람을 노리고 날아드는 것이 아니었다.

사람이 타고 있는 말이 목적이었다.

말을 쓰러뜨려 기동력을 떨어뜨리고 말이 쓰러짐으로 인해 무사들이 바닥으로 고꾸라지면 머릿수도 줄일 수 있었다.

말을 공격해서 기동력을 떨어뜨리려는 것이 주된 목적이겠지만 그것을 통해 얻을 수 있는 부가적인 이득까지도 모두 챙기겠다는 생각인 것이다.

"비도는 말을 노리고 있다! 모두 조심해라!"

무호성이 내력을 실어 전체에 소리쳤다.

하지만 비도는 쉴 새 없이 날아오고 있었고, 무사들은 그것을 막아내는 데 급급해하고 있었다.

게다가 제대로 쳐냈다 하더라도 워낙 진형 자체가 오밀조밀하여 근처에 있는 말이나 사람의 몸으로 날아가 꽂히기 일쑤였다.

"풍호량!"

그것을 본 무호성이 풍호량을 불렀다.

"예, 주군!"

"사냥해라!"

"예!"

무호성의 말에 파천수호위가 일제히 사방으로 퍼져 나갔다.

비도의 위력을 보아 비도를 날리는 자들의 무위가 그렇게 뛰어난 것이 아니었기에 파천수호위만으로도 충분할 것이라는 생각이었다.

선두에서도 마찬가지였다.

무호성과 같은 생각을 한 요치우가 염락수와 백우종, 종위현, 위악룡을 보내 적을 사살하도록 했다.

염락수와 달리 오랜만에 제대로 된 싸움을 하게 된 백우종과 종위현, 위악룡은 심장이 두근거리는 것을 막을 수가 없었다.

그동안 파천수호위와 함께 수련을 해오면서 자신들이 변해가는 것을 느낄 수 있었고, 그런 자신을 시험해 보고 싶은 마음이 하늘을 찌르고 있었다.

파천수호위와 함께 선두의 세 명이 사방으로 퍼져 나가자 점차 날아오는 비도의 양이 줄어들기 시작했다.

머릿수는 그들이 많을지 모르겠지만 압도적인 위력을 지닌 그들의 무력 앞에는 속수무책으로 당할 수밖에 없었다.

"모두 속도를 줄이지 말고 달려라!"

무호성이 후미에서 크게 외쳤다.

그들은 비도의 폭우를 그렇게 벗어났다.

그 자리를 무사히 벗어난 무호성 일행은 하루를 더 달려 상음현(湘陰縣)에 도착할 수 있었다.

중간에 두어 차례 쉬는 시간이 있었음에도 적들은 더 이상의 공격은 해오지 않았다. 단 한 번의 공격으로 잃은 숫자는 십여 명에 불과했으니 대부분 온전히 목숨을 보전했다고 할 수 있었다.

하지만 문제는 지금부터였다.

상음현에서 악양까지의 거리는 닷새 거리.

닷새 동안 적들의 공격을 버티지 못한다면 모든 것이 허사였다.

물론 무학 대사나 청화 진인, 요치우, 당천신에 무호성 자신까지,

누구에게도 지지 않을 자신이 있는 사람들이었지만 상대가 머릿수로 밀고 나온다면 다른 사람들을 보호하며 움직이는 이 상황이 불리하게 작용할 수밖에 없었다.

'뭔가 불길하다. 심히 불길해.'

단순히 악양까지 가는 동안 벌어질 일들에 대한 불안감이 아니었다.

마지막 결착까지 앞으로 남은 싸움에서 알 수 없는 불길함이 무호성의 마음속에 퍼져 나가고 있었다.

       *   *   *

단일풍이 야율척의 보고를 받고 있는 곳은 무림맹주의 집무실이 아니었다.

낯선 곳에서 의자에 기대앉아 두 눈을 지그시 감고 있는 단일풍에게 야율척은 계속해서 보고를 하고 있었다.

"역시나 저들에게는 아무런 피해도 주지 못했습니다. 검존과 불존 두 사람의 존재만으로도 어찌할 수 있는 수준이 아닙니다."

야율척의 말에 단일풍이 미소를 지으며 눈을 뜨고는 물었다.

"야율척."

"예, 교주님."

"그런데 왜 너는 웃고 있느냐?"

단일풍의 말처럼 야율척은 미소를 짓고 있었다. 도저히 어찌할 수 없는 상대를 만났을 때 지을 법한 표정이 아니었다.

"무너뜨릴 방책이 있는 것이겠지."

"물론입니다. 지금 이곳에 교주님께서 계시는 것만으로도 저들에게는 가히 충격적인 일일 것입니다. 물론 그들이 이곳까지 몸 성히 도착한다면 말입니다."

야율척의 말에 단일풍이 의자에서 몸을 똑바로 일으키며 말했다.

"그들이 이곳까지 오는 데 얼마나 걸리겠느냐?"

"대략 한 달 정도의 시간이 걸릴 것입니다."

"한 달이라……."

단일풍이 자신의 턱을 매만지며 중얼거렸다. 그러더니 야율척을 바라보며 다시 입을 열었다.

"보름 안에 이곳에 당도할 수 있게 해라."

"교주님?"

야율척의 반응에 단일풍은 미소를 지으며 창밖을 내다보았다.

뜨겁게 타오르던 해가 저물면서 하늘에 붉은 빛깔의 노을을 만들어내고 있었다.

"지겹다. 권태롭다. 심심하다. 도대체 누가 나의 이런 감정들을 해소시켜 줄 수 있을 것인가? 오십 년이다. 자그마치 오십 년의 세월 동안 나는 권태에 빠져 살았다. 못마땅하게 들릴지도 모르겠다만 더욱 강해진 나는 그에 합당한 제물을 찾고 있다. 혈교의 교주로서가 아닌 한 명의 무인으로서 말이다. 무슨 말인지 알겠는가?"

"아, 알겠습니다."

야율척이 고개를 숙였다.

"진정한 시작은 이곳에서부터다. 이곳에서 그들을 싹 쓸어버리고 진정한 혈교 천하를 만들 것이다."

단일풍의 말에 야율척의 고개가 더욱 숙여졌다.

'변한 듯하지만 대업을 잊지 않고 계시다. 걱정하지 않아도 된다.'

고개를 숙인 채 야율척은 속으로 중얼거렸다.

*　　　*　　　*

무호성 일행은 악양에 무사히 입성했다.

오는 동안 아무런 공격도 없었기 때문에 조금은 마음 편하게 이곳까지 이동할 수 있었다.

무림맹 무사들의 표정은 밝았다.

죽은 몇몇 동료들을 제외하고는 모두가 무사히 목숨을 보전할 수 있었던 까닭이다.

이제 장강에서 수로채의 도움으로 안휘성에 들어간다면 남궁세가가 지척이기에 마음을 놓을 수 있다는 생각도 한몫하고 있었다.

하지만 무호성은 마냥 좋게만 생각할 수 없었다.

그들이 공격을 할 수 있는 기회는 수차례 있었다. 아니, 오는 동안 내내 공격을 받는다 하더라고 하등 이상할 것이 없었다.

하지만 그들은 전혀 공격하지 않았다.

일부러 자신들을 곱게 악양으로 보내준 것 같다는 생각이 들 정도였다.

"백룡이 보입니다."

풍호량의 목소리에 상념에서 깨어난 무호성은 눈앞에 보이는 장강의 거대한 물결과 그 위에 위풍당당하게 떠 있는 백룡을 보고 지금까지의 불안감을 지울 수 있었다.

백룡 위에는 구벽강이 든든한 모습으로 서서 자신들을 바라보고 있었고, 그 옆에는 공보가 미친 듯이 손을 흔들어대고 있었다.

그 모습을 보고 요치우와 당천신은 눈살을 찌푸렸다.

전에 그를 만났을 때 같이 늙어가는 처지 운운하던 모습이 아직도 뇌리에 선명히 남아 있었기 때문이다.

'또 한 번 그딴 소리를 하거든 원없이 독을 먹여주마.'

당천신이 속으로 중얼거렸다.

백룡과 수로채의 또 다른 배인 비익(飛翼)에 나눠 탄 일행은 그제야 마음을 놓을 수 있었다.

백룡과 비익이 아무리 빠르다 하여도 장강을 통해 안휘성까지 가려면 대략 칠 일 정도가 걸렸다.

그 말은 적어도 칠 일간은 마음 편하게 지내도 된다는 뜻이었다.

무림맹 무사들이 긴장을 풀고 있는 그 시각.

요치우와 당천신은 구벽강과 마주하고 있었다.

예전에 했던 말에 대한 대답을 듣고 싶어서였다.

그때와 지금은 상황이 완전히 달랐다.

무림맹이 자신들의 적으로 돌아선 상황에서 자칫하면 구파일방까지 적으로 돌려야 할지도 몰랐다.

물론 그런 일이 벌어져서는 안 되겠지만 만약에라도 그렇게 된다면 수로채만큼 든든한 아군은 없을 터였다.

그렇기 때문에 구벽강과 마주하고 있는 두 사람의 생각은 무조건 그를 자신들과 함께하게 만들어야 한다는 것이었다.

"아직도 그때의 생각에는 변함이 없는가?"

요치우의 물음에 구벽강은 고개를 끄덕였다.

"수로채는 어디까지나 중립입니다."

"천하가 혈교의 손에 넘어간다고 해도? 이 장강으로 시뻘건 핏물이 스며들지 모르는데도?"

"……"

요치우의 물음에 구벽강은 묵묵부답이었다. 그때 청화 진인이 선실로 들어왔다. 그리고는 구벽강의 앞에 털썩 주저앉으며 물었다.

"아이야, 한 가지 물으마."

"예."

"네가 지키고자 하는 것은 수로채냐, 아니면 장강이냐?"

청화 진인의 물음에 구벽강이 눈을 크게 떴다.

'내가 지키고자 하는 것?'

"스스로가 지키고자 하는 것이 무엇인지도 정확히 모르면서 무슨 무게를 그렇게 잡느냐?"

청화 진인의 말에 구벽강은 아무런 말도 하지 못하고 멍한 표정을 짓고 있을 뿐이었다.

"진정 무언가를 지키고 싶을 때에는 내가 지키고 싶은 것이 무엇인지를 아는 것이 첫 번째요, 어떻게 지킬 것인가 하는 것을 아는 것이 두 번째다. 그런 면에서 네놈은 아무것도 준비되어 있는 것이 없는 놈이다."

청화 진인의 어떻게 보면 과격할 수 있는 말에 구벽강은 조용히 고개를 끄덕이고 있었다.

'내가 진정으로 지키고자 하는 것이 무엇인가? 장강인가, 수로채인가? 아니면 둘 다인가?'

구벽강이 깊은 생각 속으로 빠져들었다.

백룡과 비익이 안휘성에 도착했다.

그리고 무호성 일행은 동릉현(銅陵縣)에서 내려 남궁세가로 향했다.

그리고 그들 사이에…….

구벽강은 없었다.

第十章
마지막 싸움

신권무쌍

동릉현에서 남궁세가까지 가는 동안에도 적들의 움직임은 전혀 포착되지 않았다.

불안하기는 했지만 무호성 일행은 그들이 남궁세가에 도착하기 전까지 아무 일도 일어나지 않을 것이란 걸 예상하고 있었다.

처음 비도로 인한 공격을 제외하고는 지금까지 자신들을 감시하는 시선조차 느껴지지 않은 것이다.

그 때문에 이동 속도를 올릴 수 있었지만 적들이 자신들을 무사히 남궁세가로 가도록 놔두는 이유를 알 수가 없었다.

어쨌든 무호성 일행은 부지런히 남궁세가로 향했다.

"남궁세가다!"

저 멀리 남궁세가의 모습이 보이자 무사 한 명이 소리쳤다. 그러자 모든 사람들이 전방을 주시하기 시작했다.

거대하지만 허름한 외관.

누가 저곳을 남궁세가라 하겠는가.

무호성은 남궁소소 곁으로 다가갔다.

"오랜만에 와본 느낌이 어때?"

"그냥 복잡해요."

감격스럽다거나 뭉클하다거나 하는 대답을 예상했던 무호성은 의외의 대답에 그녀를 바라보았다.

"기쁘지는 않고?"

"기쁘죠. 기쁘기도 하지만 좋지 않은 기억이 있는 곳이니까요."

말하는 남궁소소의 눈가에는 어느새 촉촉한 이슬이 맺혀 있었다.

돌아가신 아버지와 무너진 세가 생각을 하니 슬픔이 복받쳐 오른 것이다.

무호성은 눈물을 보이는 그녀의 어깨를 살포시 감싸주었다. 잠시 그러고 있으니 남궁소소도 감정이 다시 가라앉은 듯 떨림이 잦아들었다.

그 순간, 남궁소소 대신 무호성의 몸이 떨리기 시작했다.

그러면서 손을 들어 일행의 발걸음을 멈추게 했다.

"왜 그러느냐?"

갑작스런 무호성의 행동에 요치우가 다가와 물었다.

"거대한 기운이 세가 쪽에서 느껴지고 있습니다."

"적인가?"

요치우가 인상을 찌푸리며 물었다. 그러는 사이 무학 대사와 청화 진인이 굳은 표정으로 다가왔다.

"아미타불. 시주, 저곳에서 불길한 기운이……."

"저곳에 심상치 않은 뭔가가 있다."

무학 대사와 청화 진인이 동시에 말했다. 그 말에 요치우와 당천신은 인상을 찌푸렸다.

자신들은 느끼지 못하는 무언가를 세 사람이 느끼는 것을 보며 그들과 자신들 사이에 존재하는 벽을 체감한 것이다.

무학 대사와 청화 진인은 그렇다 하더라도 자신들보다 수십 년은 덜 산 무호성이 느끼는 것은 두 사람에게 있어서 자존심 상하는 일이었다.

"음……."

청화 진인이 침음성을 내뱉었다.

지금까지 강호 생활을 해오면서 이처럼 거대한 존재감과 위압감, 그리고 불길함은 느껴본 적이 없었다.

무학 대사 역시 마찬가지라는 듯 연신 불호를 외고 있었다.

두 사람이 그럴진대 무호성은 어떻겠는가?

식은땀을 흘리면서 두 눈을 크게 뜬 채 몸을 부들부들 떨고 있었다.

'이대로 가면 나머지는 다 죽는다. 저곳은 생지(生地)가 아닌 사지(死地)야.'

무호성이 속으로 중얼거렸다.

"어떻게 하겠느냐?"

청화 진인이 무호성에게 물었다. 그러자 무호성이 떨리는 목소리로 대답했다.

"지금 저곳에 가면 살아남을 수 있는 사람은 몇 안 될 겁니다."

"나도 그렇게 생각한다. 그래서 묻는 것 아니냐. 어떻게 할 건지. 이대로 돌아갈 것인지 아니면 그냥 밀고 들어갈 것인지."

청화 진인의 말에 무호성이 인상을 찌푸렸다.

여기까지 와서 돌아간다는 것은 말도 안 되는 일이다. 그렇다고 죽을 자리인 것을 알면서 갈 수도 없다.

진퇴양난의 상황.

하지만 지금은 어떻게든 결단을 내려야 할 때였다.

무호성은 뒤쪽에서 어리둥절한 표정을 짓고 있는 무림맹 무사들을 한 번 바라보았다.

조금 떨어진 곳에서 나눈 대화였기에 그들은 지금의 상황을 모르고 있었다.

과연 이대로 사지에 걸어 들어가도 되겠는가?

무호성은 고민이 되었다.

자신 혼자라면 이런 고민도 하지 않는다.

어차피 남궁세가에 있는 적들과는 부딪쳐야만 하고 그들을 쓰러뜨려야만 지겨울 정도로 긴 이 싸움을 끝낼 수가 있다.

하지만 뒤에 무림맹 무사들이 함께 있다면 이야기는 달라질 수밖에 없었다.

그들은 살기 위해, 그리고 오해를 풀기 위해 자신을 따라왔다.

물론 저들도 적과 싸우게 될 것이란 점은 충분히 예상하고 있고, 죽을 수도 있다는 생각은 하고 있을 것이다.

하지만 원천적으로 그들이 자신을 따라나선 것은 살아남아 오해를 풀기 위함이다.

그런데 살아남을 수 있는 사람이 한 명도 없다면 문제가 되는 것이다.

"후우······."

무호성이 한숨을 쉬었다. 어느새 그의 떨림은 사라지고 없었다.

"죽을 것을 뻔히 알면서 데리고 갈 수는 없습니다."

"그럼 어떻게 하자는 말이냐?"

청화 진인이 살짝 인상을 찌푸리며 물었다.

"우리가 이곳까지 오는 동안 적의 공격을 한 번도 받지 않았다는 것은 남궁세가에서 모든 결판을 내기 위함입니다. 그렇다면 저들이 돌아가는 길에도 문제는 생기지 않을 겁니다."

"그래서?"

"죄송하지만 진인과 대사께서 수고를 해주셨으면 합니다. 저들을 수로채에 부탁하는 것이 제일 좋은 방법인 듯합니다."

"음……."

청화 진인이 잠시 생각에 잠겼다.

남궁세가 안에 얼마의 적이 있는지는 알 수 없다.

하지만 그들이 강하다는 것은 충분히 알 수 있었다.

그런데 무림맹 무사들을 수로채에 보내고 나머지 사람들만 들어가도 되겠는가?

저들을 감당할 수 있겠는가?

"그렇게 하지요."

청화 진인이 생각을 하고 있을 때 무학 대사가 고개를 끄덕이며 대답했다.

"정말 그럴 셈이냐?"

청화 진인의 물음에 무학 대사는 다시 한 번 고개를 끄덕였다.

"지금 저들이 남궁세가로 가는 것은 말 그대로 헛된 죽음을 맞이할 뿐이네. 차라리 저들이라도 살아남아 후일을 도모하도록 하는 편이 좋겠지."

"후일을 도모해? 여기서 우리가 죽으면 모든 것이 끝이다. 알고 있을 텐데?"

"앞일은 모르는 법이네. 우리가 이길 수도 있고 질 수도 있듯이 저들 중에서 혈교의 세상을 막을 수 있는 사람이 나오지 말란 법은 없겠지."

무학 대사의 말에 청화 진인이 인상을 찌푸린 채 한숨을 쉬었다.

"알았다. 대신, 우리가 올 때까지 버텨라. 최대한 빨리 돌아오겠다. 아니면 아예 우리가 돌아올 때까지 여기서 대기하고 있든지."

청화 진인의 말에 무호성은 고개를 저었다.

"들어갈 겁니다. 어쩌면 대사님과 진인께서 오시기 전에 끝나 있을지도 모릅니다."

"안 된다. 차라리 여기서 전부 머리를 돌려 수로채로 가자. 함께 갔다가 함께 오는 거다."

혼자보다는 둘이 낫고 둘보다는 셋이 나은 법이다.

청화 진인의 말처럼 두 사람이 돌아온 뒤에 세가로 향하는 편이 나을지도 몰랐다.

하지만 그러고 싶지 않았다.

세가 안의 존재 때문에 전과는 비교할 수 없는 불길함과 두

려움이 피어올랐지만 그러면서도 묘한 공명 같은 것이 느껴졌기 때문이다.

혼자였다면 여기서 멈춰 서서 이런 고민을 하고 있지 않을 것이다. 멈추지 않고 속도를 높여 곧바로 남궁세가를 향해 돌진했을 것이다.

안 좋게 말하면 혹이 떨어져 나갔으니 이제는 지체할 이유가 없었다.

"어서 저들을 수로채로 데려다 주십시오."

무호성의 나직한 말에 청화 진인의 얼굴에는 불안함이 역력한 표정이 떠올랐다.

"시간이 없습니다."

"알았다. 괜히 경거망동하지 마라!"

청화 진인이 그렇게 소리치며 무림맹 무사들을 데리고 왔던 길을 되돌아갔다.

파박!

그들이 떠나자마자 무호성은 지면을 박차고 남궁세가로 돌진했다.

"오라버니!"

뒤쪽 먼 곳에서 그를 애타게 부르는 남궁소소의 목소리가 들렸다.

*　　　*　　　*

여기저기 부서진 건물 안.

그곳의 정 가운데에 단일풍이 정좌를 하고 있었다.

지그시 눈을 감고 있던 그의 눈이 번쩍 뜨였다.

순간적으로 눈에서 혈광이 뿜어져 나오다가 사라졌다.

"드디어 왔는가?"

그의 입가에 미소가 번졌다.

*   *   *

세가 정문은 열려 있었다.

아니, 정확히 말하면 부서져 있어 닫지 못했다고 하는 것이 옳았다.

정문 안쪽으로 엉망진창이 된 기관진식이, 그 뒤로 드문드문 잡초가 자란 외원이 보였다.

무호성의 눈이 무겁게 가라앉았다.

엉망이 된 세가를 보니 과거의 치열했던 싸움이 눈에 선한 듯했다.

그러다 보니 가증스런 단일풍의 모습도 떠올랐다.

정문을 지나 망가진 기관진식 안으로 들어온 무호성이 발걸음을 멈추었다.

양쪽에서 자신을 향해 쏘아 보내는 살기가 꽤나 지독했기 때문이다.

그냥 무시하고 지나칠 수도 있었다.

하지만 지금의 그는 전혀 그러고 싶은 기분이 아니었다.

눈앞에 있는, 자신에게 덤벼드는 적이란 적은 모조리 쓸어버릴 생각이었다.

좌우 각각 열 명이 넘는 검은 옷을 입은 적이 일제히 무호성을 향해 쇄도했다.

무호성이 진기를 끌어올렸다.

화가 난다고 해서 처음부터 과한 공격을 할 생각은 없었다.

천천히 차근차근 그들을 지옥의 불구덩이 속으로 던져 버릴 생각이었다.

퍼퍼퍼퍼퍼퍼퍽!

전광석화!

무호성의 주먹이 보이지 않는 속도로 허공을 수놓았고, 그때마다 요란한 격타음과 함께 적들이 쓰러져 나갔다.

비명도 지르지 못하고 정확하게 심장이 터져 죽음을 맞이했다.

무호성은 인상을 찌푸렸다.

너무 편안한 죽음을 선사한 것은 아닌가 하는 생각이 든 것이다.

"주군!"

뒤쪽에서 풍호량의 목소리가 들려왔다.

갑자기 튀어나간 그의 뒤를 황급히 쫓아온 풍호량과 파천 수호위였다.

"풍호량."

"예, 주군."

"쓸어버려라. 난 일직선으로 주파하겠다. 뒤따라오는 사람들에게도 전해."

"알겠습니다. 그런데 괜찮으시겠습니까?"

"걱정 마라. 단, 저 끝에 있는 놈은 아무도 건들지 못하게 해라."

무호성이 말하는 사람이 누군지 풍호량은 알 수 있었다.

수많은 난관을 뚫고 도착할 마지막 장소에 엄청나게 강한 무인이 기다리고 있다는 것을.

"조심하십시오, 주군."

풍호량의 말에 고개를 끄덕인 무호성이 아직까지 금영령의 핏물이 묻어 있는 천룡포를 휘날리며 앞으로 나아갔다.

무호성이 그 자리에서 사라지고 난 후에 창왕과 독왕이 나머지 사람들을 데리고 다가왔다.

"그 아이는?"

"안쪽으로 들어가셨습니다."

"이런, 서둘러야겠군."

요치우가 급히 안쪽으로 향하려 하자 풍호량이 그를 막아섰다.

"잠시만 기다려 주십시오. 주군께서 전하라는 말씀이 있으
셨습니다."

"뭔가?"

"나머지를 맡아달라고 하셨습니다, 저 끝에 있을 그자에게
일직선으로 주파하겠다면서. 그리고 그자는 절대 건드리지
말라고 하셨습니다."

"음……."

요치우가 인상을 찌푸렸다.

처음 있던 곳에서는 몰랐는데 지금 이 자리에 와보니 세가
깊숙한 곳에서 느껴지는 거대한 존재감은 상상을 초월했다.

아무리 무호성의 무공이 대단하다고 한들 그를 이길 수 있
을지 장담할 수 없었다.

"이럴 게 아니라 우리도 얼른 안으로 들어가자꾸나."

요치우의 말에 모두가 세가 안쪽으로 달려갔다.

거칠 것이 없었다.

앞으로 나아가는 무호성에게 지금까지 수십 명의 적이 달
려들었다.

그들이 혈교 내에서 어느 정도 수준의 무위를 가지고 있는
지는 알 수 없었다. 아니, 알고 싶은 생각도 없었다.

그저 그 자신에게 달려들고 눈앞에 보이니 치워 버릴 뿐이
다.

무호성의 시선은 그들에게 닿아 있지 않았다.

오로지 정면.

정면에만 시선을 고정시킨 채 주먹을 휘두르고 있었다.

그런 그의 모습을 보고 있자면 마치 얼굴 옆과 뒤에도 눈이 달려 있는 것 같았다.

외원의 중간 정도까지 갔을 때,

무호성의 앞에 수백의 적이 모습을 드러냈다.

그들 중에는 사람도 있었고, 예전에 봤던 괴물들도 있었다.

제법 강해 보이는 사람도 있었고, 말단 무사로 보이는 자들도 있었다.

뭔가 엉성한 구성처럼 보였지만 그렇다고 무시할 수 없는 진형이기도 했다.

하지만 무호성에게는 그런 것은 전혀 상관없었다.

앞을 막는다면 뚫으면 그만일 뿐.

날카로운 눈빛으로 그들을 노려보며 무호성이 진기를 끌어올렸고, 그의 주먹에 푸른빛의 강기가 씌워졌다.

퍼엉!

남궁세가에 들어오고 처음 쏘는 파천강탄포.

평소보다 거대한 강기 덩어리가 정면의 적들을 향해 빠르게 쏘아져 나갔다.

콰콰쾅!

거대한 폭음이 주변을 휩쓸었고, 뽀얀 흙먼지가 사방을 뒤덮었다.

그럼에도 무호성은 발걸음을 멈추지 않았다.

흙먼지를 뚫고 지나가면서도 무호성의 표정에는 변화가 없었다.

딱딱한 무표정.

굉장히 차가워 보이는 표정을 지은 채 계속해서 발걸음을 떼고 있었다.

흙먼지가 조금 가라앉고 나서 그의 눈앞에 보이는 광경은 참상이라 불러야 할 정도의 것이었다.

그들의 가운데로 마치 북경의 대로를 보는 것 같은 시체의 길이 만들어졌고, 그 양쪽에는 얼굴이 경악으로 물든 적들이 그를 바라보고 있었다.

"이, 이럴 수가!"

서둘러 뒤따라온 일행 중 마유웅의 입에서 경악성이 터져 나왔다. 눈앞의 참상을 보고도 믿지 못하겠다는 반응이었다.

"풍호량."

"예!"

"한 놈도 남기지 마라!"

"예!"

무호성의 명령을 받은 풍호량과 파천수호위가 먼저 움직였고, 그 뒤를 염락수와 백우종, 종위현, 그리고 위악룡이 바짝 쫓았다.

나머지 사람들도 곧바로 적들에게 달려들어 뒤엉켰다.

그 사이를 무호성은 느리지도 빠르지도 않은 속도로 걸어
갔다.

"오라버니……."

남궁소소가 무호성의 뒷모습을 보고 조용히 중얼거렸다.

알 수 없는 불안감이 그녀를 엄습하기 시작했다.

무호성이 주먹을 쓸 일은 거의 없었다.

애초의 파천강탄포 한 방으로 적들의 기세가 꺾인 것도 있
었지만 파천수호위를 비롯한 나머지 사람들이 필사적으로 무
호성이 가는 길을 터주고 있었다.

이런 곳에서 힘 빼지 말라는 듯.

"이라야아압!"

염락수가 기괴한 기합을 내지르며 주먹을 뻗었다.

단전에서부터 뻗어 나와 그의 굵은 팔뚝을 타고 주먹에 맺
힌 기운은 여지없이 적의 머리통을 부숴놓았다.

"이압!"

짧고 굵은 백우종의 기합과 함께 그의 쌍검이 자유롭게 허
공을 수놓았다.

염락수의 주먹이 힘을 중시한 공격이라면 백우종의 검은
쉽게 휘어지면서도 결코 부러지지 않는 대나무 같은 힘을 담
고 있었다.

서걱! 서걱!

뚝! 뚝! 뚝!

백우종의 검에서 붉은 핏물이 흘러내리고 있었다.

하지만 그는 검을 멈추지 않았다.

검에 맺혀 있던 피가 사방으로 튀었고, 거기에 쓰러지는 적들이 뿜어내는 것까지 더해져 그의 주변에는 붉은 빛깔의 운무가 피어오르고 있었다.

종위현과 위악룡은 사부님들의 명예를 떨어뜨리지 않기 위해 혼신의 힘을 다하고 있었다.

비록 파천수호위에 들어가기로 되어 있는 상태이지만 마음에는 언제나 자신들에게 무공을 가르쳐 준 사부님에 대한 은혜를 담고 있었다.

용린갑이 영롱한 빛을 뿜어내며 허공을 가로질렀다.

종위현의 일수에 적들은 추풍낙엽처럼 쓰러졌다.

위악룡의 도가 태산이라도 쪼갤 듯한 기세를 담아 사선으로 내리그어졌다.

굵직한 그의 공격에 적들은 여지없이 반으로 쪼개졌다.

그들뿐이던가?

요치우의 풍령은 적들을 꼬치로 만들어 버렸고, 당천신의 독은 수많은 적들이 피를 토하며 쓰러지게 만들었다.

마유웅과 마인들은 그간 억눌러 왔던 마성을 폭발시키고 있었다.

검은 마기를 뒤덮고 있는 마유웅의 장검은 적들의 피를 맛볼 때마다 더욱더 힘을 내어 적들을 베어갔고, 마인들의 눈빛은 점점 더 광기로 물들어갔다.

그중에서도 가장 힘을 내고 있는 사람은 단연 남궁찬이었다.

아무것도 할 수 없었던 쓰라린 기억.

피눈물을 흘리며 도망칠 수밖에 없었던 기억.

남궁도백과 남궁여호에 대한 그리움.

그리고 적들에 대한 분노.

수많은 감정을 한 자루 검에 담아 혼신의 힘을 다해 뿌리고 있었다.

그들 사이를 무호성은 산책하듯 걸었다.

사방에서 폭우가 쏟아지듯 핏방울이 쏟아져 내리고 있었지만 그의 몸에는 하나도 닿지 않았다.

그의 몸에서 뿜어져 나오는 기운이 사전에 핏물을 튕겨내고 있는 것이다.

그런 그를 남궁소소가 소리없이 뒤따랐다.

어느덧 주변은 정리가 되고 있었다.

누가 믿겠는가?

백 명도 안 되는 사람들이다.

그들이 자신들보다 몇 배는 많은 적을 맞아 당당하게 싸우고 이겼다는 것을.

이런 상황을 만들어낸 그들의 얼굴에 뿌듯함이 묻어날 때즈음, 또 다른 적들이 눈앞에 나타났다.

얼마 안 되는 숫자.

하지만 그들이 뿜어내는 기도는 종전의 수백 명이 뿜어내는 것보다 더 강했다.

붉게 물든 눈을 하고 광기를 뿜어내는 그들.

무호성에 의해 목숨을 잃은 좌호법을 제외한 열아홉 명의 장로들이었다.

자신들의 대업을 망치려 드는 자들.

좌호법을 죽인 자.

목숨을 걸고 싸워 이겨야 할 적들을 앞에 둔 그들의 눈에서 번뜩이는 광기는 더욱 진해져만 갔다.

"빌어먹을."

마유웅이 조용히 읊조렸다.

말 그대로 빌어먹을이다.

아무리 깊은 공력을 가졌다 한들 머릿수로 밀어붙이는 적을 상대하면 지칠 수밖에 없다.

그런데 눈앞에 더 강한 적들이 나타났다.

하니 마유웅의 입에서 그런 말이 튀어나올 수밖에 없었다.

그럼에도 그들의 눈빛은 더욱더 빛나고 있었다.

불구대천의 원수.

뛰어넘어야 할 벽.

밝은 세상으로 나아갈 수 있는 통로.

그 자리에 있는 사람들에게 눈앞에 나타난 적은 여러 가지 의미를 부여하고 있었다.

"주군."

풍호량이 계속해서 앞으로 걸어나가고 있는 무호성을 불렀다.

하지만 무호성은 뒤를 돌아보지 않았다. 그리고 풍호량도 그런 것에 개의치 않았다. 대신 크게 숨을 들이마시고 소리쳤다.

"계속 앞으로 나아가십시오! 이곳은 저희가 맡겠습니다!"

파천수호위가 그런 풍호량의 뒤에 나란히 도열해 섰다.

"중원최강! 파천신위!"

그들이 일제히 포권하며 소리쳤다.

뒤에는 우리가 있다.

그러니 앞만 보고 나아가라.

그것이 파천문의 모든 무학을 이어받은 중원 최강자의 모습이다!

그 모든 말이 파천수호위가 외친 여덟 글자에 함축되어 있었다.

무호성이 오른손을 머리 위로 들어 올렸다.

콰득!

그리고는 으스러지게 주먹을 쥐었다.

파천수호위의 외침에 대한 답이었다.

그런 무호성의 뒷모습을 바라보며 풍호량은 이를 악물었다.

자신이 이 자리에서 가루가 되어 쓰러진다 하더라도 그 누구도 절대 무호성의 뒤를 쫓지 못하게 하겠다는 의지가 피어올랐다.

그런 분위기를 느꼈기 때문일까?

열아홉 명의 장로는 무호성을 막지 않았다.

아니, 그들도 알고 있었다.

무호성을 쓰러뜨릴 자는 자신들의 뒤에 있는, 내원 안쪽 깊숙한 곳에서 그를 기다리고 있는 사람이란 사실을.

그렇기 때문에 그들은 무호성을 그냥 통과시켰다.

무호성이 외원을 지나 드디어 내원으로 들어갔다.

멀어지는 무호성의 뒷모습을 보며 남궁소소는 두 손을 가슴에 모아 꽉 쥐었다.

그곳에서 무호성은 자신을 기다리는 한 사람을 보았다.

지금까지 일말의 동요도 보이지 않았던 그의 눈빛이 아주 조금 흔들렸다가 안정을 찾았다.

이곳에서 자신을 기다리고 있을 거라 생각도 못했던 사람.

그가 자신을 바라보며 미소를 짓고 있었다.

"왔는가?"

무림맹주 단일풍.

아니, 혈교 교주 단일풍이 그 자리에 서 있었다.

지금까지 알고 있던 모습과는 전혀 다른 모습을 한 채로.

第十一章

난세종결(亂世終結)

신권무쌍

무호성의 눈빛이 더욱 차갑게 빛났다.

단일풍이 혈교에 몸담고 있다는 것을 모르지는 않았다.

그런데 어떻게 이 자리에 있단 말인가?

"당신, 어떻게 여기 있는 거지?"

무호성의 물음에 단일풍이 피식 웃음을 터뜨렸다.

"난 어디에든 있고 어디에도 없다. 혈교주란 그런 존재
지."

단일풍의 말에 무호성의 눈이 살짝 커졌다.

그가 혈교의 교주일 것이란 생각은 한 번도 해본 적이 없기
때문이다.

"지금까지의 모든 일, 당신이 벌인 짓인가?"

"내 명령에 의해 일어난 일이지."

"폐관 수련에 들어가지 않았던가?"

"다들 그렇게 알고 있지."

무호성이 빤히 그를 바라보았다. 그러자 단일풍이 별것 아니라는 듯 어깨를 한 번 으쓱해 보이며 말을 이었다.

"폐관 수련. 꽉 막힌 곳에서 한 걸음도 나오지 않고 무공 수련에 매진하여 실력을 키우는 거지. 그런데 말이야. 난 들락날락했다네. 어떻게 했냐고? 궁금한가? 하하하!"

단일풍이 지금의 상황이 재미있다는 듯 허리까지 젖히며 웃었다.

"재밌지 않나? 폐관 수련장에 땅굴을 뚫어놓고 들락날락거렸는데 말이야. 아니지. 거의 대부분의 시간을 천산에서 보냈지. 자네가 알고 있는 그 야율척과 중원을 집어삼켜 버릴 대계를 세우면서 말이지. 하하하!"

무호성은 아무런 말도 하지 않은 채 단일풍을 사나운 눈으로 노려보고 있을 뿐이었다.

"이날을 기다렸다."

단일풍이 하늘을 올려다보았다.

"저 하늘을 붉게 물들일 날을."

그렇게 말하며 단일풍이 다시 무호성을 바라보았다. 어느새 그의 눈에서는 혈광이 뿜어져 나오고 있었다.

"지금 이 자리에서 널 죽이고 저 하늘과 온 대지를 붉게 물들이겠다!"

단일풍의 전신에서 강력한 기운이 폭사되었다.

*   *   *

강했다.

지금껏 모습을 드러내지 않았던 혈교의 장로들은 굉장히 강했다.

애초에 이들이 전면에 나섰다면 벌써 중원은 혈교의 손에 넘어갔을지도 모르겠다는 생각이 들 정도였다.

중원 최강의 족적을 남긴 파천수호위가 합심하여 두 명을 상대할 수 있을 정도였으니.

그나마 요치우와 당천신이 한 명씩의 장로와 호각지세의 싸움을 벌이고 있었고, 나머지 사람들은 고전을 면치 못하고 있었다.

"큭!"

염락수의 한쪽 무릎이 휘청거렸다.

상대의 공격이 스치기만 했을 뿐인데 전신에 퍼지는 충격은 상당했다.

게다가 계속된 싸움으로 인해 지친 것도 한몫하고 있었다. 아무리 강한 정신력이 있다 하여도 버텨내는 데는 한계가 있을 수밖에 없었다.

퍽!

염락수가 휘청거리자 상대가 그 빈틈을 노리고 공격해 들어왔다.

그 순간 곁에 있던 종위현이 재빨리 상대의 팔을 후려쳤다. 원래대로라면 그의 안면에 꽂혔어야 할 주먹이건만 상대의 발 빠른 대응에 팔을 쳐내는 데 만족해야 했다.

그러는 사이 염락수가 신형을 바로 하고 종위현과 나란히 섰다.

"뒈! 제길! 빌어먹을 놈들이 더럽게 세구만!"

염락수가 입에 고인 피를 거칠게 뱉어내며 말했다.

"동감이오."

종위현이 고개를 끄덕이며 대꾸했다. 그러면서도 두 사람의 시선은 자신들을 향해 미소를 짓고 있는 상대에게 고정되어 있었다.

"그 미소, 정말 재수없다!"

부웅!

염락수가 수류환기공의 진기를 한껏 끌어올리며 주먹을 휘둘렀다.

정면으로 공격하는 그와 달리 종위현은 옆으로 돌아 들어가면서 그의 단전을 노리고 주먹을 뻗었다.

용린갑이 영롱한 빛을 뿜어내며 허공에 굵은 선 하나를 만들어내었고, 염락수의 주먹에 맺힌 장강의 물 색깔처럼 푸른 빛이 빠르게 상대의 안면을 향해 날아갔다.

누가 봐도 이번 공격은 성공할 것 같았다.

속도도 빨랐고 위력도 상당했기 때문에 피하거나 막기 힘들 것처럼 보였다.

하지만 상대는 모든 사람의 예상을 뒤엎는 움직임을 보였다.

'피했어? 말도 안 돼!'

염락수와 종위현은 동시에 같은 생각을 했다.

두 사람의 얼굴에 절망의 그림자가 드리워지기 시작했다.

다른 사람들도 비슷한 상황이었다.

백우종의 쌍검이 어지럽게 허공을 갈랐고, 굵직한 위악룡의 도가 사선을 그었다.

하지만 상대는 민첩하게 그 공격들을 피해내며 간담이 서늘할 정도의 반격을 하고 있었다.

두 사람의 얼굴은 잔뜩 찌푸려져 있었다.

처음에는 느끼지 못했지만 시간이 지날수록 상대가 자신들을 가지고 논다는 생각이 든 까닭이었다.

두 사람이 이를 악물었다.

지금까지는 그저 눈앞의 상대를 쓰러뜨려야 한다는 생각뿐이었다.

하지만 이제는 오기와 함께 잔인하게 난도질을 하고 싶은
충동이 일었다.

"큭!"

백우종이 신음을 흘렸다.

상대의 반격을 어찌어찌 막았지만 손목을 타고 전해져 오
는 충격은 상상 이상이었다.

지금까지 받았던 충격보다 배는 더 강한 것 같았다.

'슬슬 발동 걸리는 건가?'

백우종과 위악룡, 두 사람의 시선이 허공에서 교차되었다.

남궁소소와 남궁찬은 마인들의 틈에 섞여 장로들을 상대
하고 있었다.

머릿수가 많아 유리한 면도 있었지만 그렇다고 해서 결코
쉬운 싸움을 하고 있지는 않았다.

용케도 마유웅이 한 명을 맡고 있었고, 암영천군단이 두 사
람을 상대하고 있었지만 멀찌감치 떨어져서 추이를 지켜보기
만 하고 있는 장로들까지 합하면 아직도 열 명이 넘는 장로들
이 남아 있었다.

이대로 가다가는 전부 다 죽을지도 모른다는 생각이 들 정
도였다.

"아악!"

"누님!"

남궁소소가 상대의 공격에 맞고 비명을 지르며 쓰러졌다.

팔이 부러졌는지 심하게 부어올라 더 이상 검을 잡을 수 없는 지경에 이르렀다.

남궁찬은 이를 악물고 전장을 바라보았다.

소수의 적을 상대로 다수가 합격을 하는 상황. 체계적으로 잘 짜인 연수합격이라면 이렇게까지 고전하지는 않을 텐데 지금의 상황은 말 그대로 난전이었다.

"젠장!"

남궁찬이 소리쳤다.

분명 실력은 진일보했다. 아니, 일보가 아니라 수많은 발전을 이뤄냈다.

그런데도 앞에 나타나는 적들은 언제나 자신보다 몇 배는 더 강한 자들뿐이었다.

그 사실이 너무 분했다.

"으아아아아!"

"찬아!"

남궁찬이 소리를 지르며 뛰쳐나가자 남궁소소가 다급하게 그를 불렀지만 들리지 않는 듯했다.

"아악!"

남궁소소가 몸을 일으키려 했지만 조금만 움직여도 팔에서 엄청난 통증이 밀려왔다.

쉬리릭!

그 순간, 그녀의 옆을 스쳐 지나가는 누군가의 모습이 보였다.

"이 잡것들! 다 죽여 버리겠다!"

낯익은 뒷모습과 익숙한 목소리에 남궁소소의 얼굴에 화색이 돌았다.

그녀의 옆을 스쳐 지나간 사람은 구벽강이었고, 뒤쪽에서 걸쭉한 욕을 하고 있는 사람은 다름 아닌 공보였다.

바람처럼 나타난 구벽강은 어느새 장로 한 명과 뒤엉켜 싸우고 있었다.

호각지세.

그의 무위가 요치우나 당천신에 필적한다는 것을 말해주는 광경이었다.

"괜찮으냐?"

옆에서 들려오는 청화 진인의 목소리에 남궁소소가 고개를 끄덕였다.

"저기 뒤에 있는 아이들에게 가서 좀 쉬고 있어라. 이제는 늙은이들이 몸 좀 풀어야겠다."

그렇게 말한 청화 진인이 전장으로 몸을 날렸고, 그 뒤를 따르는 무학 대사의 모습도 눈에 들어왔다.

"괜찮으시오? 어이쿠! 팔이 부러졌구만! 야, 이 잡것들아, 니들은 여자에 대한 배려도 없냐! 이런 개 호래자식들아!"

남궁소소의 팔이 부러진 것을 보고 공보가 장로들을 향해 걸쭉한 욕을 한바탕 퍼부었다.

그 목소리를 듣고 있으니 통증에 인상을 찌푸리고 있던 남궁소소도 웃지 않을 수가 없었다.

"어라? 이런 상황에서도 웃음이 나오시오? 거, 간 큰 아가씨로구만? 일단 저리로 갑시다. 응급처치라도 하게."

공보의 말에 고개를 끄덕인 남궁소소가 그의 부축을 받아 힘겹게 자리에서 일어났다.

여전히 수적인 열세에 놓여 있는 상황이었지만 구벽강과 무학 대사, 청화 진인의 가세로 분위기는 완전히 바뀌었다.

청화 진인의 검은 그가 왜 검존인지 보여주려는 듯 화려하면서도 강하게 상대를 압박해 갔다.

장로 한 명이 그를 감당하지 못하고 두 명이 달라붙을 정도였으니 대단하다 할 수 있었다.

무학 대사 역시 느린 듯하면서도 상대가 손쓸 수 없는 무위로 장로들의 공격을 막아내고 있었다.

수비 위주의 싸움이었지만 그 방벽을 아무도 뚫지 못했으며 이어지는 반격에 뒷걸음만 칠 뿐이었다.

남궁소소의 팔에 부목을 대어 고정시킨 공보도 얼른 전장을 향해 뛰어들었다. 그리고는 잽싸게 장로 한 명의 앞에 가서 씩 웃었다.

"늙은이, 잘해봅시다?"

웃으면서 넉살 좋게 말하는 그였지만 두 눈에서는 불길이 뿜어져 나오고 있었다.

"뱃사람이라 회 쳐 먹는 걸 좋아하는데 먹기 좋게 회 쳐드리리다. 어이쿠!"

주저리주저리 떠들던 공보가 깜짝 놀라 몸을 틀었다.

그의 도발에 걸려든 장로 한 명이 매서운 공격을 해왔기 때문이다.

다른 사람들은 막아내기도 힘든 공격을 그는 요리조리 잘도 피하고 있었다.

"무슨 늙은이가 이래! 이건 반칙이야! 사기라고!"

그러면서도 그의 얼굴은 웃고 있었다.

그렇게 피하기만 하던 공보가 어느 순간 뒤로 돌더니 미친 듯이 공격을 하기 시작했다.

"죽어라! 죽어! 죽어! 죽어!"

공보의 요란한 공격에 장로는 정신을 차리지 못하고 막아내기에 급급했다.

서걱!

"으악!"

"어라? 난 대가리를 노렸는데 왜 팔이 잘려?"

공보가 팔이 잘려 비명을 지르는 상대를 바라보며 머리를 긁적였다.

"그새 실력이 줄었나? 쩝. 뭐, 어쨌든 이래 죽이나 저래 죽이나 죽이는 건 매한가지 아니겠어? 죽어라!"

그렇게 중얼거린 공보가 다시금 적을 향해 달려들었다.

＊　　　＊　　　＊

무호성의 몸에서 순백색의 빛이 뿜어져 나와 그를 감쌌다.

반면 단일풍의 몸에서도 새빨간 빛이 뿜어져 나와 그의 전신을 감쌌다.

서로를 그렇게 노려보던 두 사람이 순식간에 그 자리에서 사라졌다.

그들의 움직임을 볼 수 있는 방법은 허공을 수놓는 순백과 새빨간 빛깔뿐이었다.

쾅! 쾅! 쾅!

펑! 펑! 펑!

흰색과 붉은색은 허공에서 수십 차례 충돌했다.

그와 동시에 수십 번의 폭음이 퍼져 나갔다.

그럼에도 두 사람의 충돌은 계속되었다. 그렇게 빠른 속도로 움직이면서도 서로의 움직임을 정확하게 파악하고 공방을 주고받을 수 있다는 사실이 대단하기만 했다.

붙었다가 떨어지기를 수십 차례 반복한 두 사람이 멀찌감치 거리를 두고 서로를 바라보았다.

종전과 조금의 변화도 없는 모습.

옷깃 하나 상하지 않은 그들의 모습을 누군가가 봤다면 말도 안 된다고 할 것이 분명했다.

그들의 귓가로 외원에서 벌어지고 있는 싸움의 소리가 들려왔다.

분명 어느 한쪽은 죽고 다른 쪽은 살리라.

그럼에도 두 사람의 표정은 그런 것에는 조금도 신경 쓰지 않는다는 모습이었다.

오로지 눈앞에 있는 상대만을 응시하고 그에게만 집중할 뿐이었다.

"즐겁군. 지난 오십 년간 바랐던 것이 두 가지가 있다."

단일풍이 담담한 목소리로 말했다.

하지만 목소리의 담담함과는 달리 눈에서는 혈광이 점점 짙어만 가고 있었다.

"하나는 대업을 이루는 것이고 또 다른 하나는 견줄 만한 적을 찾아 모든 것을 잊은 채 싸우는 것이었다. 하나는 이뤘군."

광오한 듯했지만 결국 무호성을 인정한다는 뜻이었다.

"한 가지를 이뤘다니 축하해야 마땅하지만 다른 한 가지는 결코 이루지 못할 것이다. 내가 그렇게 만들 테니까."

"그렇게 해봐라. 부디 내가 만족할 때까지 내 앞길을 막아봐!"

두 사람은 또다시 서로를 향해 쇄도해 들어갔다.

백색과 적색의 선이 사방팔방을 수놓았고, 주변의 공기가 심하게 요동쳤다.

번쩍!

경쾌한 충돌이 또 한 차례 이뤄졌다.

언뜻 찰나간의 마주침처럼 보이지만 실상은 그렇지 않았다.

서로가 마주친 순간 단일풍이 한 발 앞서 검을 찔렀다.

붉은 기운이 검면에서 아지랑이처럼 피어올라 두 사람의 시야를 뿌옇게 만들었다.

찰나지간의 격돌에서 먼저 공격을 한다는 것은 승패를 가를 수 있는 굉장한 요소였다.

하지만 두 사람에게 그런 것은 전혀 통용되지 않았다.

검이 무호성의 얼굴을 꿰뚫으려는 찰나, 단일풍은 섬뜩한 기운을 느낄 수 있었다.

자신의 복부, 정확히 말하면 단전을 향해 뻗어오는 무호성의 주먹이 언뜻 보였다.

순간적으로 단일풍의 머릿속에 하나의 그림이 그려졌다.

자신의 공격은 무호성이라면 고갯짓으로 피할 수 있을 것이다.

하지만 자신은 그렇지 않다.

이대로 중심이 앞으로 쏠린 채 계속해서 검을 찌른다면 무호성의 뺨에 옅은 실선 하나만을 새기고 하단전이 파괴되는 사태가 벌어질 수 있었다.

말 그대로 찰나에 벌어질 일이 그의 머릿속을 순식간에 스쳐 지나가자 그는 망설임없이 검을 틈과 동시에 앞발을 강하게 내디뎌 땅에 박았다.

부웅!

무호성의 주먹이 단일풍의 옷을 스치고 지나갔다.

아주 조금이라도 늦었으면 정확히 단전을 흔들고 지나갔을 무호성의 주먹은 옷자락을 찢어가는 것으로 만족할 수밖에 없었다.

파앗!

두 사람이 동시에 거리를 벌렸다.

그리고는 또다시 수십 차례 격돌했다.

적게는 한 수, 많게는 서너 수까지.

찰나간의 공격에 두 사람은 치열할 정도로 사나운 공격을 주고받고 있었다.

그렇게 두 사람의 격돌은 끊이지 않고 계속되었다.

*   *   *

분위기는 바뀌었지만 열아홉 명의 장로를 모두 쓰러뜨리는 것은 어려운 일이었다. 한 명 한 명의 무위가 대단하면서도 숫자가 결코 적지 않았기 때문이다.

아무리 두들겨도 쓰러지지 않을 것 같던 혈교 장로들의 첫 희생자는 공보와 싸우던 자였다.

분명 공보의 무공은 구벽강이나 요치우, 당천신 등에 비해서 한 수 아래였다.

그럼에도 공보와 대적하던 장로가 가장 먼저 최후를 맞이했다.

그 이유는 공격의 방법 차이에 있었다.

다른 사람들은 초식에 의한 공격이 주를 이뤘지만 공보는 그렇지 않았다.

물론 그 역시도 무공을 수련하면서 초식을 익혔지만 오랜 수로채 생활을 해오면서 실전형으로 바뀌어왔다.

그렇기 때문에 공보의 경우에는 무공이라기보다는 싸움에 가까웠다.

익숙하지 않은 상대를 맞아 당황한 혈교 장로는 결국 가장 먼저 목숨을 잃게 되었다.

한 명이 목숨을 잃었다.

어떻게 보면 생사가 오가는 결투를 하는 입장에서 아무것도 아닌 일일 수도 있었다.

하지만 공보의 손에 한 명이 죽어나가자 그것이 의외의 상황을 만들어내고 있었다.

팽팽하게 당겨져 있던 실의 한가운데가 끊어진 느낌이랄까?

혈교 장로들의 평정심이 미약하게 흐트러지기 시작했다.

물론 죽은 장로가 공보의 손에 당했다는 것도 한몫했다.

겉으로 보기에는 말 많고 아무것도 아닌 것처럼 보이는 그에게 당했다는 사실이 그들에게는 꽤나 큰 충격으로 다가온 것이다.

그런 틈을 놓칠 사람들이 아니었다.

아주 미세하게 벌어진 틈을 기가 막히게 찾아 집요하게 공략했다.

결국 미세한 틈은 벌어지고 벌어져 커다란 구멍이 되어버렸다.

"큭!"

"큭!"

연달아 두 명의 장로가 비명을 지르며 쓰러졌다.

무학 대사와 청화 진인이 상대했던 장로들이었다. 각각 적을 쓰러뜨린 두 사람은 쉬지 않고 또다시 다른 적을 향해 몸을 날렸다.

무학 대사와 청화 진인에 이어 당천신과 요치우, 구벽강도 차례로 장로들의 목숨을 빼앗았다.

쓰러진 장로는 여섯 명.

남은 장로 열세 명.

확실히 분위기는 무호성 일행에게로 넘어와 있었다.

　　　　*　　　　*　　　　*

"후우⋯⋯."

무호성은 차분하게 숨을 고르며 진기의 상태를 확인해 보았다.

그렇게나 많은 양의 진기를 소모했음에도 불구하고 아직까지 하단전과 중단전은 가득 차 있었다.

그 어느 때보다 높은 집중력으로 상대를 응시했다.

단일풍 역시 무호성을 바라보았다.

그의 입가에는 여전히 미소가 번져 있었다.

"아까워, 정말 아까워. 그대 같은 사람이 내 곁에 있다면 얼마든지 천하를 호령할 수 있을 텐데."

"피로 물든 천하 따위, 내게는 필요없다."

"지금의 무림은 그저 안주할 따름이다. 평화롭기만 하고 싸움없는 무림. 그곳이 과연 강호무림인가? 언제 어떻게 죽을지 모르는 긴장감과 끊임없는 싸움, 강함에 대한 갈구, 이런 것이 있어야 진정한 무림이 아닌가?"

"틀린 말은 아니지. 하지만 굳이 중원을 피로 물들여 가면서까지 그렇게 할 필요가 있을까? 싸움? 긴장감? 강함에 대한 갈구? 모든 것은 나 자신과 견줄 수 있는 상대가 있을 때에 가능한 것 아닌가?"

"⋯⋯."

무호성의 말에 단일풍은 입을 다문 채 그를 바라보기만 할 뿐이었다.

"당신도 아까 그랬지. 나 같은 상대를 기다렸다고. 그 말처럼 나 같은 사람이 있어야 당신과 이런 싸움도 할 수 있고 더 강해지고 싶은 욕망도 생기는 것 아닌가?"

무호성의 말은 구구절절 옳았다.

말문이 막힌 단일풍이 살짝 인상을 찌푸렸다.

"정도 놈들은 글러먹었어. 그들을 살려둔다고 해서 달라질 건 아무것도 없다. 오랜 역사? 개뿔! 그들은 권위에 취해 안주하려 들 뿐이다! 무림에서 낭만을 찾으려는 그들이 난 싫다. 그렇기 때문에 이 세상을 뜯어고칠 생각이다!"

언뜻 무호성이 한 말에 대한 반론처럼 들리는 그의 외침은 사실상 절규에 가까웠다.

평생에 걸쳐 강해지고자 하는 욕망을 품고 살아온 그의 앞에 무호성이라는 호적수가 나타났다.

그런 그가 자신의 마음을 이해해 주지 못한다는 사실이 답답하기만 했고, 그것이 절규처럼 튀어나온 것이다.

"아까도 말했지만 안타깝군. 나를 좀 더 이해했더라면 살려뒀을 텐데. 이제는 돌이킬 수 없는 강을 건너 버렸다."

단일풍의 기도가 다시금 흉흉해졌다.

그에 맞춰 무호성 역시 진기를 끌어올렸다.

다시금 불타오르는 백색과 적색의 불꽃.

두 사람은 돌아갈 것 없이 일직선으로 서로를 향해 달려들었다.

서로를 향해 지척까지 다가간 두 사람은 각각 검과 권을 앞쪽으로 뻗어냈다.

쾅!

검과 권이 충돌하기 전에 그 사이에서 진기 간의 충돌이 한차례 일어났다.

그 반동으로 인해 두 사람이 반보씩 뒤로 물러났지만 이내 또다시 서로를 향해 살초를 뻗어내었다.

단일풍의 검이 순간적으로 뱀처럼 휘어지며 무호성의 팔을 노리고 찔러왔다.

하지만 무호성은 팔을 빼내며 다른 손으로 검을 쥐고 있는 그의 손목을 낚아챘다.

하지만 단일풍의 대응도 빨랐다.

다른 손으로 검을 옮겨 쥔 그가 자신의 손목을 잡고 있는 무호성의 팔을 향해 검을 내리쬈었다.

팔을 빼지 않으면 그대로 잘려 버릴 수도 있는 상황.

하지만 무호성은 팔을 빼지 않았다.

위기 상황으로 볼 수도 있었지만 검을 막아낼 수만 있다면 이처럼 절호의 기회는 없다고 봐도 무방했다.

팔을 빼는 대신 무호성은 호신강기를 일으켰다.

"크악!"

호신강기도 강기는 강기.

무호성의 팔과 손이 호신강기로 뒤덮이면서 그가 잡고 있던 단일풍의 손목이 그대로 가루가 되어버렸다.

그 때문에 내려치던 그의 검은 멈춰 설 수밖에 없었고, 지독한 고통에 단일풍이 인상을 찌푸렸다.

'이런 방법은 생각도 못했는데.'

호신강기를 일으켜 검으로부터 팔을 보호하려는 생각만 했지 그것으로 잡고 있던 속목을 날려 버릴 생각은 조금도 하지 못했다.

전혀 예상하지 못했던 결과에 무호성은 속으로 회심의 미소를 지었다.

손목이 날아간 고통에 비명을 지르던 단일풍이 이를 악물고 잔뜩 인상을 찌푸린 채로 좌수에 쥔 검을 휘둘렀다.

하지만 그것은 위력이 담긴 공격이라기보다는 무호성을 떨어뜨려 놓기 위한 방편에 불과했다.

그것을 알아차린 무호성은 호신강기를 풀고 단일풍의 팔을 움켜쥔 채 이리저리 몸을 움직여 최대한 검을 피해냈다.

그 때문에 머리카락 몇 올이 검에 잘려 허공으로 흩어졌지만 무호성은 전혀 개의치 않았다.

퍼억!

무호성의 주먹이 정확하게 그의 갈빗대를 강타했다.

그냥 맨주먹으로 맞아도 상당한 고통이 수반되는데 진기

가 가득 실린 주먹으로 맞았으니 통증은 상상 이상일 것이다.

"컥!"

단일풍이 짧은 신음을 토해냈다.

무호성이 주먹을 휘두르는 순간 그 궤적을 예측하고 진기를 끌어올려 보호했기에 망정이지 그러지 않았다면 지금쯤 갈비뼈가 부러져 폐를 뚫었을 것이다.

단일풍은 어떻게 해서든 무호성의 손아귀에서 벗어나려 발버둥을 쳤다.

하지만 그럴수록 무호성은 그가 빠져나가지 못하도록 더욱더 손에 힘을 주었다.

퍼억!

무호성의 주먹이 이번에는 그의 복부에 꽂혔다.

정확히 말하자면 그의 하단전 부근이었다.

"크악!"

단일풍의 입에서 종전보다 더 큰 비명이 터져 나왔다.

그 순간 무호성이 인상을 찌푸렸다.

주먹이 꽂히는 순간 응당 느껴졌어야 하는 느낌이 전혀 없었다.

딱딱한 무언가를 맨주먹으로 후려친 것 같은 아련한 아픔이 찌릿찌릿하게 손을 타고 팔뚝까지 전달되어 왔다.

'깨지지 않았어?'

무호성은 당황스럽기 그지없었다.

단일풍의 하단전은 멀쩡했다.

마치 깨지기 쉬운 사기그릇의 겉 부분에 만년한철로 만든 껍데기를 씌워놓은 느낌이었다.

무호성이 당황하는 사이 고통을 억누른 단일풍이 있는 힘껏 검을 휘둘렀다.

오른손을 사용하던 그가 갑자기 왼손을 사용하니 어설프기는 했지만 거리도 가까웠고 무호성이 약간의 틈을 보였기에 위력적인 공격이 될 수 있었다.

어쩔 수 없이 무호성은 손을 놓고 물러섰다.

그러자 단일풍도 뒤쪽으로 신형을 날리며 거리를 벌리고 섰다.

조금 전까지 손목에서 흐르던 피는 어느 새 멎어 있었다.

지혈은 됐지만 통증이 상당했기에 단일풍의 찡그린 얼굴에서는 굵은 땀이 비 오듯 쏟아지고 있었다.

"별거 아니군."

무호성이 애써 아쉬움을 달래며 중얼거렸다.

그리고 그 말은 단일풍의 화를 더욱 돋우었다.

사실 단일풍은 이미 평정심이 조금 흐트러진 상태였다.

중간에 무호성과 나눈 설전 때문이었다.

무조건 맞는 것이라 생각했던 자신의 신념이 반박하기 어려운 무호성의 말에 의해 흔들리기 시작하자 그의 평정심마저도 깨지기 시작했다.

그 작은 흔들림은 결국 그의 무위에까지 영향을 미쳐 결국에 가서는 오른 손목을 잃는 결과를 초래하고 말았다.

무호성으로서는 굉장한 이득을 취한 셈이었다.

파앗!

단일풍이 먼저 앞으로 쏘아져 나왔다.

그의 몸에서는 마구잡이로 기운이 폭사되고 있었고, 두 눈의 혈광은 계속해서 짙어지다 못해 이제는 거의 검은색이 되어가고 있었다.

무호성은 일단 거리를 두기로 했다.

조금 더 기다리면 스스로가 폭주하여 자멸할지도 모른다는 생각이 들었기 때문이다.

무호성의 머릿속에 점점 승리라는 두 글자가 떠오르기 시작했다.

균열은 점점 걷잡을 수 없을 정도로 커져 갔다.

그리고 무학 대사와 청화 진인을 비롯한 무호성 일행은 점점 번져만 가는 균열에 계속해서 망치질을 해대고 있었다.

결국 얼마 가지 못해 굳건하게 버티고 서 있던 벽은 와르르 무너져 버렸다.

공보와 무학 대사, 청화 진인, 요치우와 당천신, 구벽강에게 죽은 여섯 장로 이후로 나머지 열세 명의 장로는 생각보다 싱겁게 처리할 수 있었다.

지금까지 왜 이렇게까지 고생을 했을까 하는 생각이 들 정도로.

장로들과의 싸움에서 죽은 사람들은 대부분이 마인들이었다.

마유웅이 이끌던 마인들 중 태반이 장로들과의 싸움에서 목숨을 잃었다.

콰드득!

마유웅이 어금니를 꽉 깨물었다.

한 줌 먼지로 화한 마인들의 넋을 생각하고 있자면 자신 스스로에게 참을 수 없는 분노와 한심함이 느껴졌다.

사랑하는 여인도 지키지 못했다.

따르는 수하도 지켜내지 못했다.

무시만 당하고 자신의 우상도 지켜내지 못했다.

요즘처럼 자신이 무능하게 느껴진 적은 없었다. 언제나 자신감이 차 있었고, 해낼 수 있다고 자신을 독려해 왔다.

하지만 지금은 안 되는 건 안 되는 거라는 생각이 들었다.

낙담하고 있는 마유웅에게 허유가 다가가 다독였다.

정확히 어떤 감정인지 알지는 못했지만 적어도 비슷한 감정을 느낀 적은 있었기에 연민이 느껴졌다.

"세상에는 아직 숨죽이고 사는 마인들이 많이 있습니다. 그리고 앞으로 그들을 이끌어 나가셔야 합니다. 지금의 시련을 이겨낼 수 있어야 천마가 되실 수 있습니다."

허유의 말에 마유웅은 힘없이 고개를 끄덕였다.

그러면서 다짐했다.

절대로 무릎 꿇지 않겠다고.

이 빌어먹을 운명에.

"자, 그럼 이제 마지막 잔치나 구경하러 가볼까?"

여유가 생긴 당천신이 그렇게 말하며 내원 쪽으로 발걸음을 옮기자 다른 사람들도 그의 뒤를 따랐다.

무호성이 치열한 싸움을 벌이고 있는 곳으로.

내원으로 들어선 사람들의 표정은 딱딱하게 굳어 있었다.

미친 듯이 공격하는 단일풍과 그것을 용케 피하고 있는 무호성의 모습.

그전까지의 싸움을 보지 못하고 무호성의 속내를 알지 못하는 그들로서는 그가 밀리고 있다는 생각밖에 할 수가 없었다.

물론 무학 대사와 청화 진인은 이 싸움의 다른 면을 보고 있었지만 다른 사람들은 그렇지 않았다.

남궁소소의 눈빛은 심하게 흔들리고 있었다.

아직까지 무학의 깊이가 낮은 그녀로서는 아무리 좋게 보려 해도 무호성이 고전하는 것처럼 보였기 때문이다.

그녀는 눈을 감았다. 도저히 눈 뜨고 지켜볼 수가 없었다.

금방이라도 단일풍의 날카로운 검이 무호성의 심장을 찌를 것만 같았다.

"눈을 뜨십시오. 그리고 지켜보십시오. 주군의 싸움을."

그녀의 곁에 다가온 풍호량이 조용히 말했다.

눈을 뜬 그녀는 차마 전장을 바라보지 못하고 풍호량을 바라보았다.

"주군은 목숨을 건 싸움을 하고 계십니다. 지금은 그 모습을 두 눈으로 똑똑히 지켜보며 힘을 실어줘야 할 때입니다. 설사… 주군이 잘못되신다 하더라도 지금의 이 모습을 빠뜨리지 않고 지켜봐야 복수를 할 수 있습니다."

덤덤한 듯 말하는 풍호량이었지만 남궁소소는 느낄 수 있었다.

지금 이 순간 그 누구보다도 불안해하는 사람이 풍호량과 파천수호위라는 것을.

남궁소소가 시선을 돌렸다.

염락수의 모습도 눈에 들어왔다.

그 역시도 으스러지도록 양 주먹을 꽉 쥔 채 눈 한 번 깜빡이지 않고 지금의 이 싸움을 눈에 담고 있었다.

그리고 다시 한 번 시선을 돌리던 그 순간, 남궁소소의 눈이 이채를 발했다.

자신의 하나 남은 혈육.

남궁찬.

그 역시도 주먹을 쥔 채 두 사람의 싸움을 바라보고 있었다.

그녀는 그의 눈빛에서 두 가지를 읽을 수 있었다.

한 가지는 할아버지와 아버지, 그리고 세가를 이렇게 만든 원흉이 눈앞에 있기에 치밀어 오르는 분노였다.

그리고 그 분노는 그 원수를 직접 갚지 못하는 자신에 대한 분노이기도 했다.

두 번째 감정은 놀랍게도 짜릿한 희열이었다.

천외천의 경지.

살면서 한 번도 보기 힘든 엄청난 경지의 싸움을 두 눈으로 보면서 무인으로서 흥분을 느끼고 있는 것이다.

풍호량과 파천수호위, 염락수와 남궁찬을 보며 남궁소소 역시 두 눈에 힘을 주어 무호성의 싸움에 시선을 고정시켰다.

무호성은 계속해서 단일풍의 공격을 피하기만 하고 있었다.

그리고 단일풍은 집요하리만치 무호성을 따라붙으며 강맹한 공격을 퍼붓고 있었다.

엄밀히 말하자면 지금 무호성은 끊임없이 단일풍을 도발하고 있었다.

감정이 앞서는 상태가 되면 도발도 쉽게 먹힌다.

그렇게 되면 지금의 단일풍으로서는 끊임없이 자신의 내

부에서 진기를 폭발시킬 것이고, 그런 폭발이 쌓이고 쌓여 폭
주를 일으킬 것이다.

무호성은 그때를 기다렸다.

폭주를 한다면 일정 시간 동안은 이렇게 피해 다닐 수도 없
고 진짜로 목숨을 잃을지도 모를 위험천만한 싸움이 될 것이
다.

하지만 그 고비를 넘긴다면 단일풍을 자멸시킬 수 있었다.

손끝으로 톡 건드려도 무너지는 모래성처럼.

쐐에에엑!

단일풍이 찌르는 검의 속도는 점점 빨라지기만 했다.

머금은 진기의 위력 역시 더욱 강맹해져만 갔고, 몸놀림 역
시 더욱 속도가 붙고 있었다.

그럼에도 무호성이 이처럼 피해낼 수 있는 것은 점점 폭주
상태에 들어가면서 공격이 속도와 위력에만 치중되어 단조로
워졌기 때문이다.

하지만 겉으로 보이는 것과 달리 무호성의 속마음은 초조
해지기만 했다.

예상대로라면 지금쯤 단일풍은 자신의 감정을 주체하지
못하고 모든 것을 폭발시켜야 했다.

하지만 그는 아직까지도 가느다란 이성의 끈을 놓치지 않
고 있었다.

바로 지금처럼.

쐐에에엑!

'헛!'

빠르게 일직선으로 찔러 들어오던 검이 한차례 변화를 일으켜 자그마한 원을 그렸다.

정확하게 그의 팔을 노리는 공격이었다.

평생 동안 오른손으로 검을 휘둘러 왔던 그가 왼손으로 이처럼 날카로운 공격을 할 수 있다는 것이 놀랍기만 했다.

무호성은 재빨리 몸을 틀며 거리를 벌렸다.

조금이라도 대응이 늦는다면 팔을 잃을 수 있는 위험한 상황이었다.

다행히 검은 무호성의 팔 근처에 오지 못하고 허공을 갈랐다. 하지만 거리를 벌리려는 시도는 무위로 그쳤다.

팔을 자르지는 못했지만 단일풍은 무호성의 움직임에 곧바로 따라붙어 두 번째 공격을 감행했다.

근거리에서 단일풍의 검이 빠르게 휘둘러졌다.

검에 가득 담긴 진기의 기압이 주변의 공기를 밀어냈고, 날카로운 검끝이 눈앞까지 다가왔다.

지금까지 마음을 다잡고 그의 싸움을 바라보던 남궁소소가 차마 보지 못하고 두 눈을 질끈 감았다.

절체절명의 순간.

하지만 무호성의 집중력은 극에 달한 상태였다.

쉭! 쉬익! 쉬쉬쉬쉭!

단일풍의 검이 애꿎은 허공만 베었다.

그 짧은 거리에서 가공할 속도로 찔러들어 온 검을 무호성은 모조리 다 피해낸 것이다.

"오오오!"

마인들 사이에서 탄성이 터져 나왔다. 그 소리에 남궁소소는 눈을 떴다.

이번에는 무호성의 주먹이 세차게 앞으로 뻗어나갔다.

한 번 내지른 듯 보였지만 단일풍의 얼굴 앞에는 다섯 개의 주먹이 다가와 있었다.

한시도 눈을 뗄 수 없는 광경.

지켜보고 있던 사람들은 이 싸움을 통해 강호 무림의 운명이 결정된다는 사실도 잊은 채 오로지 그 순간순간에 몰입하고 있었다.

"으아아아아아아!"

자신의 뜻대로 상황이 흘러가지 않아서 그런 것일까?

단일풍이 미친 듯이 소리를 질렀다.

이미 그에게 있어서 이성이라는 단어는 저 멀리 우주로 날아가 버린 지 오래였다.

그의 머릿속에는 자신의 눈앞에 있는 사람을 죽여야 한다는 본능으로 가득 차 있을 뿐이었다.

콰아아앙!

폭음이 울렸다.

무호성과의 격돌로 인한 폭음이 아니었다.

단일풍의 몸에서 나는 소리였다.

무호성의 눈에서 이채가 발했다. 그의 몸에서 엄청난 기운이 뿜어져 나오고 있었기 때문이다.

'드디어!'

단일풍이 결국에는 폭주하고 만 것이다.

사실 단일풍은 천마신주의 기운을 완벽하게 자신의 것으로 만든 것이 아니었다.

혈교나 마교 둘 다 마기를 몸에 지니고 있기는 하지만 그 기운에 약간의 차이가 있었다.

정확히 말하자면 마교도의 마기가 좀 더 정순했고, 혈교의 마기는 조금 더 탁하다고 할 수 있었다.

천마신주는 마교의 신물.

천마신주에 함축되어 있던 기운이 단일풍이 원래 지니고 있던 기운과 다른 것은 당연했다.

여기서 단일풍의 조급한 마음이 작용했다.

좀 더 시간적 여유를 두고 그가 천마신주의 기운을 완벽하게 자신의 것으로 만들었다면 이 자리에서 패하는 사람은 무호성이었을 것이다.

하지만 그렇게 하지 않았던 까닭에 진기의 양은 폭발적으로 증가할 수 있었지만, 무공을 사용하고 정신적인 안정이 깨지면서 단일풍이 가지고 있던 본래의 마기와 천마신주의 기운이 충돌을 일으킨 것이다.

그런 상황에서 평정심이 완전히 깨지면서 이성을 잃고 본능만으로 움직이는 폭주 상태가 되어버린 것이다.

무호성은 팽팽하게 당겨진 긴장감이 늘어지지 않도록 정신을 집중했다.

이번 고비를 넘기는 것이 중요했다.

지금까지의 움직임과는 차원이 다를 터.

그렇다면 훨씬 더 집중하고 훨씬 더 빠른 예측을 바탕으로 움직여야 할 것이다.

위험부담은 그만큼 커지겠지만 이번 고비를 잘 넘긴다면 생각보다 쉬운 승리를 낚을 수 있을 것이다.

하지만,

세상일은 생각처럼 쉽게 흘러가지 않는 법.

그다음 순간부터 무호성은 지옥을 경험해야만 했다.

찌이익!

천룡포 자락이 또 한 번 찢겨져 나갔다.

단일풍이 폭주한 이후로 벌써 두 번째.

무호성의 눈빛이 더욱 깊게 가라앉았다. 폭주한 단일풍은 자신의 예상을 상회하고 있었다.

분명 피했다고 생각했는데 반 박자 늦었다.

하지만 지금의 이 속도가 자신이 낼 수 있는 최고였다.

더 이상 빠르게 움직이는 것은 불가능한 상황.

그렇다면 언제 어느 때에 단일풍의 검이 자신의 살갗에 와 닿아도 하등 이상할 것이 없다는 뜻이었다.

무호성이 자신도 모르게 침을 삼켰다.

도저히 움직임을 예측할 수 없는 야생동물 같은 단일풍이 다시금 그를 향해 달려들었다.

방어는 생각하지 않는다.

최소는 동귀어진, 최고는 승리.

오로지 그런 생각만 하며 달려드는 단일풍을 보며 무호성은 주먹에 진기를 가득 모았다.

퍼엉—!

단일풍이 지척에 도착했을 때 무호성의 주먹에서 파천강탄포가 터져 나갔다.

한순간에 단전에 있던 진기가 쑥 빠져나가는 느낌이 들었다.

그리고 전과 달리 다시 진기가 채워지는 속도는 느려진 상태였다.

이는 분명 자신의 한계에 가까워 오고 있다는 증거. 단시간에 이 싸움을 끝내야만 했다.

무호성이 두 눈을 부릅떴다.

지척에 있던 단일풍이, 도저히 파천강탄포를 피해낼 수 없을 것만 같았던 그가 기기묘묘한 움직임으로 강기를 피해내고 멀쩡한 모습으로 자신을 향해 달려들고 있었다.

타앗!

무호성이 지면을 박찼다.

지금으로서는 진기의 소모를 최소한으로 줄이고 거리를 벌려 시간을 버는 것이 최선이었다.

서서히 차오르는 진기를 느끼며 무호성은 착지함과 동시에 앞으로 쏘아져 나갔다.

순식간에 단일풍의 코앞에 나타난 그.

진기를 한가득 머금은 그의 주먹이 붕천뇌우격의 초식을 펼쳐 내기 시작했다.

퍼퍼퍼퍽!

아니다.

무호성은 주먹을 타고 올라오는 느낌에 고개를 저으며 뒤로 물러섰다.

아직은 자신이 원하는 느낌이 나질 않는다.

딱딱한 돌덩이를 때리는 느낌.

무호성은 자신의 손맛이 달라질 때를 침착하게 기다렸다.

"이런 멍청한 놈을 봤나!"

청화 진인이 버럭 화를 냈다.

무호성의 싸움을 보고 있자니 자신이 답답해서 미칠 것만 같았다.

싸워서 이기려면 기본적으로 부딪쳐야 한다.

기회를 포착하고 흐름을 자신의 것으로 만들기 위해서도 부딪쳐야 한다.

그것은 기본 중의 기본이다.

그런데 상황은 거꾸로 흘러가고 있지 않은가?

부딪치려는 쪽은 단일풍이고 피하는 쪽은 무호성이다.

무호성 정도 되면 기본을 모르지 않을 텐데 자꾸만 엉뚱한 짓을 하고 있었다.

지금 단일풍의 상태는 굉장히 불안하다.

단단하지만 힘을 주어 부딪친다면 깨지기 쉬운 두꺼운 유리와 같은 상태다.

그것을 무호성이 모른다?

말도 안 되는 소리다.

그것을 모를 정도면 지금의 성취는 결코 이뤄낼 수 없다.

심계가 있는가?

있을 것이다. 하지만 그것은 잘못된 생각이다.

공격은 최선의 방어라는 말이 있다.

쉴 새 없이 상대가 정신을 차리지 못하도록 몰아치면 감히 공격할 생각도 하지 못한다.

상대가 공격할 생각도 하지 못하니 방어는 저절로 이뤄지는 셈이다. 그럼에도 무호성은 스스로 수세에 빠져들었다.

청화 진인이 분통을 터뜨리는 것도 당연했다.

"그렇게 도망쳐서는 아무것도 안 된단 말이다!"

청화 진인이 크게 소리쳤다.

'뭐?'

무슨 소리를 들었다.

누가 한 말인지도 모르겠고 잘 들리지도 않는다.

뭔가 자신을 향해 소리친 것 같은데 제대로 들을 수 있는 상태가 아니었다.

귓전을 울리는 것은 오직 단일풍의 검이 만들어내는 소리뿐이었다.

진기의 울림, 검이 찢고 지나간 공기의 마찰.

그리고 단일풍의 입에서 터져 나오는 괴성.

무호성은 정신을 차릴 수가 없었다.

그의 공격을 막고 피했는데 도저히 어떻게 한 것인지 떠오르질 않는다. 머리로 생각할 틈이 없는 것이다.

생각도 하기 전에 오감으로 느끼고 몸이 반응했다.

어떻게 보면 지금까지 멀쩡히 버틴 것도 천운이라 할 수 있었다.

'너무 쉽게 생각했다.'

무호성은 후회하고 있었다.

폭주한 단일풍이 주는 압박감은 상당했다.

숨 쉬기도, 제대로 움직이는 것도 힘들었다. 그의 공격을 막아내고 피해내는 자신이 신기해질 정도였다.

'어떻게 해야 하는가?'

머릿속에 그런 의문을 던졌지만 답이 나올 리 만무하다.

하지만 몸은 그 생각에 반응하여 저절로 움직였다.

단일풍의 검이 수십 개의 환영을 만들어내며 무호성을 압박해 왔다.

그에 맞춰 무호성의 주먹이 허공을 쳐나간다.

콰콰콰쾅!

거대한 폭음이 고막을 터뜨릴 듯 울려 퍼졌고, 엄청난 공기의 압력이 그의 전신을 휩쓸고 지나갔다.

그런데 어느새 무호성은 주먹을 뻗어내고 있었다.

단순한 일격이 아니었다.

한 번의 내지름이었지만 두 번째, 세 번째 주먹이 연달아 뻗어나가는 연환격이었다.

붕천뇌우격에는 연환 초식이 없다.

각 초식이 독립적으로 작용할 뿐이다. 그것만으로도 엄청난 위력을 자랑하는 권공이 붕천뇌우격이다.

그런데 난데없이 연환격이 튀어나왔다.

익힌 적도 없고 한 번도 본 적이 없는 연환격이.

무호성의 머릿속이 복잡해졌다.

그간 자신이 알고 있던 것들이 뒤엉켜 이상한 것들을 만들어내고 있었다.

그 가운데 방금 펼쳐 낸 연환격이 들어 있었지만 그것을 알게 된 것은 한참이 지난 후였다.

쩡!

무호성의 주먹이 검을 쳐냈다.

기운과 기운이 충돌하면 지금까지와 같은 폭음이 들려와야 정상이건만 청아한 금속음이 들렸다.

그의 검에 씌워져 있는 기운을 뚫고 살과 검이 맞닿았다는 뜻.

하지만 무호성은 놀랄 수가 없었다. 그다음에 더욱더 놀라운 일이 벌어졌으니까.

퍼퍽!

무호성의 주먹이 단일풍의 안면을 그대로 강타했다.

주먹을 통해 느껴지는 것은 역시나 단일풍의 맨살이었다.

정확하게 콧잔등을 가격하자 무호성의 주먹을 타고 그의 코뼈가 으스러지는 느낌이 생생히 전달되었다.

은은하게 단일풍의 몸을 보호하고 있는 기운을 무효화시키고 직접 물리적 타격을 입힌 것이다.

무호성은 도대체 지금 이 상황이 어떻게 벌어진 것인지 알 수 없었다.

어떻게 해서 단일풍이 하나 남은 검을 쥔 손을 얼굴에 가져가며 고통스러워하는지 알 수가 없었다.

하지만 한 가지는 알 수 있었다.

자신의 공격이 단일풍에게 충격을 주고 있다는 것.

무호성이 다시금 으스러지게 주먹을 쥐었다.

지켜보는 사람들도 도대체 방금 전의 상황이 어떻게 된 것인지 알 수가 없었다.

정신없이 공격에 치중하던 단일풍이 잔뜩 인상을 찌푸리며 코를 부여잡고 물러났다.

그의 공세가 끝난 것이다.

무호성의 주먹질에 그렇게 되었다는 것은 알겠다.

그런데 그 과정은 도저히 알 수가 없었다.

"거참, 신기한 놈일세."

청화 진인이 중얼거렸다.

검존이라는 자신도 지금의 상황은 어떻게 된 것인지 알 수가 없었다. 자신의 무학(武學)으로는 도저히 설명할 수 없는 일이 일어났기 때문이다.

"허허! 대단하군."

"자네는 알겠는가?"

무학 대사의 말에 청화 진인이 재빨리 물었다.

그러자 무학 대사가 또 한 번 너털웃음을 터뜨리며 말을 이었다.

"정확히는 모르겠지만 무 시주의 공격이 저자의 보호막을 완전히 무효화시키면서 물리적 타격을 입히고 있는 것 같네."

"뭐?"

"쉽게 말하자면 저자의 몸을 둘러싸고 있는 보호막 같은 기운을 뚫고 맨주먹이 저자의 코를 뭉개 버렸다는 뜻이지."

"그런 게 가능한가?"

청화 진인은 알 수 없다는 듯 고개를 저었다.

분명 방금 전까지 봐온 무호성의 모습은 도저히 이해할 수가 없었다. 스스로가 쉽게 갈 수 있는 길을 포기한 것처럼 보였기 때문이다.

그런데 한순간에 전세는 역전되고 있었다.

'도대체 그는 어떻게 해서 저런 괴물을 탄생시킨 것인가?'

청화 진인은 월천을 떠올렸다.

지금 무호성의 상태는 머리나 마음보다 몸이 먼저 깨달음을 얻은 신기한 경우였다.

월천에게 가르침을 받고 안새현을 떠나왔던 그때,

무호성은 분명 무무의 경지에 들어섰다.

그것은 부인할 수 없는 사실이다. 파천화진공을 대성하고 더 이상의 진전이 없던 그에게 새로운 세계가 펼쳐졌기 때문이다.

무무의 경지에 들면서 모든 부분에서 진일보했다.

하지만 그것뿐이었다.

월천은 분명 말했다.

무무의 경지에 들어야만 진정한 파천문의 무공을 볼 수 있을 것이라고.

하지만 안새현을 떠나올 때의 무호성은 새로운 무공을 맛보지 못한 상태였다.

분명 무무의 경지에 들었지만 그것을 제대로 자각하지 못하고 있는 상태.

공교롭게도 그 의식이 지금 깨어난 것이다.

머리가 아닌 몸이 먼저.

무호성의 머릿속에서는 온갖 것이 복잡하게 뒤엉켜 있었지만 몸은 그 속에서 새로운 것을 찾아 펼쳐 내고 있는 것이다.

마치 예전부터 알고 있었다는 듯이.

이제는 무호성이 단일풍을 압박해 들어가고 있었다.

그럴수록 그의 몸에서 뿜어져 나오는 백색의 빛은 더욱 퍼져만 갔고, 이내 주변을 모조리 뒤덮어 버렸다.

第十二章
종극(終極)

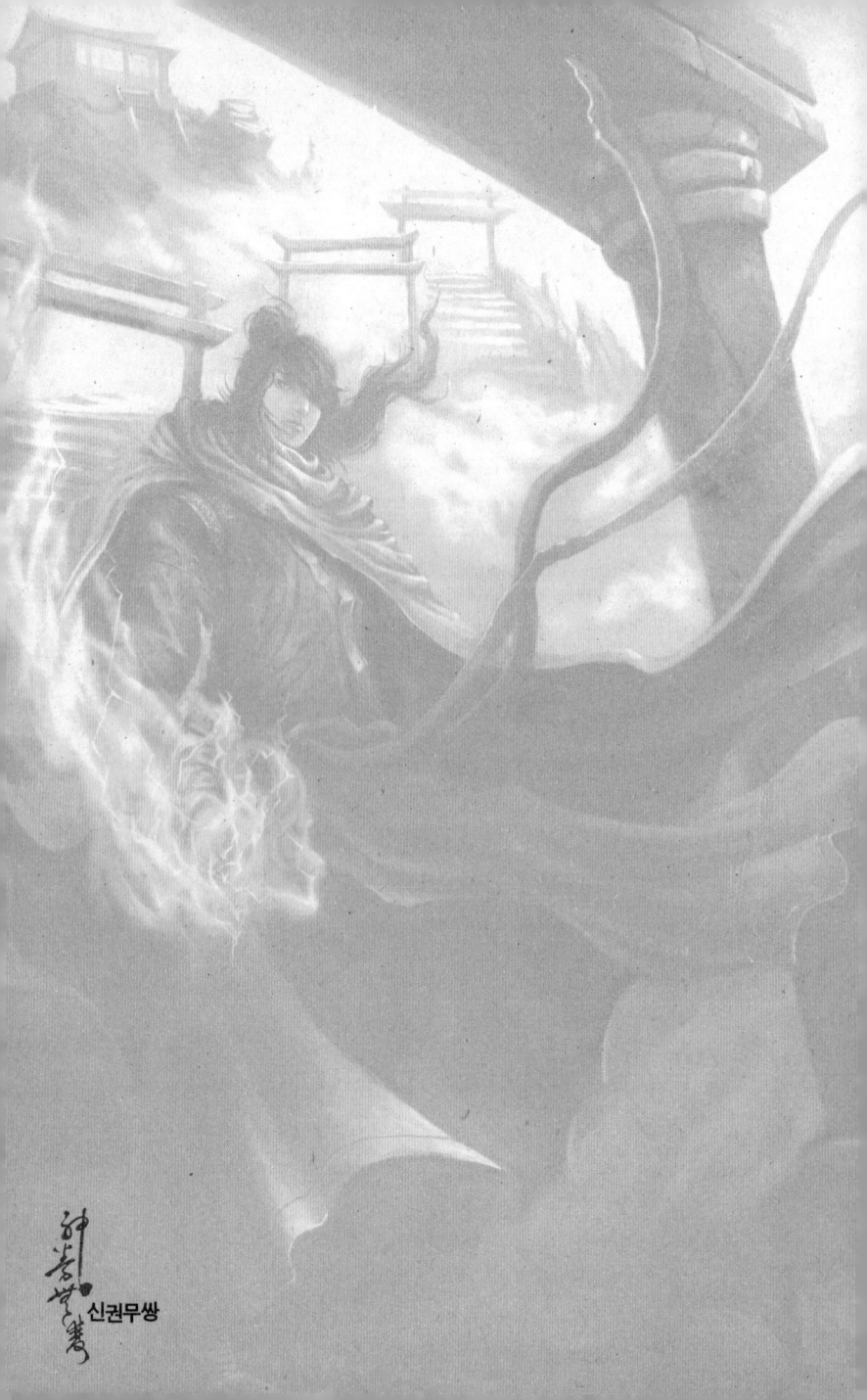

신권무쌍

싸움은 끝이 났다.

무학 대사와 청화 진인의 입을 통해 밝혀진 단일풍의 정체는 중원 사람들에게 충격을 가져다주었다.

무호성 일행이 다시 천룡장으로 돌아왔을 때, 야율척은 이미 도망치고 없었다.

"풍호량."

"예, 주군."

"마지막 명령이자 부탁이다. 중원 전체를 뒤져서라도 그자를 찾아서 죽여라."

"알겠습니다."

한 달 뒤, 야율척은 파천수호위에게 붙잡혀 비참한 최후를 맞이했다.

마유웅은 운남으로 돌아갔다.

비장한 표정을 지은 채 천룡장을 나서는 그의 뒤를 암영천 군단이 따랐다.

비록 그들이 마인이고 중원 전체의 마인들을 끌어모을 생각이라고는 하지만 결코 위험한 일은 일어나지 않을 것이라고 무호성은 확신할 수 있었다.

지금껏 자신이 겪어본 마유웅은 그런 사람이 아니었으니까.

금자천을 회주로 한 상회는 천하상단을 궤멸시켰다.

혈교가 무너지고 무림의 정의가 바로 선 상태에서 중요한 상권을 상회에 빼앗긴 천하상단이 더 이상 버틸 수 있는 힘은 없었다.

비록 금가장은 멸문의 화를 입었지만 금자천이 남아 금가장의 이름값을 드높이게 된 것이다.

백우종과 종위현, 위악룡은 새롭게 영입된 무사들과 함께 풍호량의 조련을 받았다.

이제 기존의 파천수호위도 은퇴를 해야 하는 만큼 새로운 인재들과 함께 그들이 파천수호위를 이끌어갈 것이다.

언제까지나 무호성을 보필하면서.

반면 염락수는 월천에게 가 있었다.

사실 염락수는 파천수호위의 대주를 맡을 사람이었다. 무호성에 대한 충성심으로만 따지면 그만 한 인물이 없기 때문이다.

하지만 염락수 스스로가 지금의 실력으로는 부족하다는 생각을 했던 모양이다.

어느 날 무호성에게 와서 말했다.

"태상문주님께 자그마한 가르침을 받고 돌아오겠습니다."

무호성은 흔쾌히 승낙했다.

사실 무호성은 염락수가 파천수호위에 들어가는 것이 싫었다.

악연으로 시작되었지만 듬직한 자신의 수하가 되었듯이 이제는 친구가 되어 영원히 자신의 곁에 남아 있었으면 했기 때문이다.

그런데 염락수가 안새현에 도착하고 얼마 지나지 않아 월천으로부터 한 장의 서찰이 도착했다.

네 녀석 수하가 화란이와 눈이 맞았다.

그 서찰을 받고 무호성은 기분 좋게 웃었다.

남궁찬은 천룡장에 돌아오고 얼마 지나지 않아 폐관 수련에 들어갔다.

무호성처럼은 될 수 없겠지만 적어도 남궁세가를 다시 일으키는 데 부끄럽지 않은 실력을 쌓아 나오겠다고 다짐했다.

그가 폐관 수련에 들어가는 날.

남궁소소는 눈물을 보였다.

고생할 동생을 생각하니 가슴이 아팠기 때문이기도 했고, 무거운 짐을 나눠 들 수 없어서이기도 했다.

그렇게 남궁찬은 남궁도백과 남궁여호의 뒤를 이을 새로운 검왕의 칭호를 얻기 위해 어두운 연무장으로 걸어 들어갔다.

난세를 종결지은 무호성에게는 무림맹주의 자리를 맡아달라는 요청이 들어왔다.

그것도 구파일방 장문인들의 직인이 찍힌 서찰로 말이다.

모두가 무호성이라면 무림맹주의 자리에 올라도 손색이 없을 거라 생각했고, 세상 사람들도 그렇게 생각했다.

하지만 정작 무호성은 전혀 그런 것에 관심이 없었다.

"저는 아직 나이도 어리고 경험도 일천합니다. 또한 무림맹처럼 커다란 조직을 이끌 능력도 안 됩니다. 죄송합니다."

결국 무림맹주의 자리에는 현 무당파 장문인인 청진 도장이 앉게 되었다.

무호성을 대신하여 무림맹주에 취임하던 그날.

청진 도장이 무호성을 맹으로 불러들였다.

"맹주의 자리는 여러 가지 조건이 필요하니 고사했다 해도 무상의 자리는 맡아주겠지? 무상은 딴 건 필요없다네. 그저 싸움만 잘하면 그만이지."

수락하지 않으면 안 될 것 같은 분위기를 조성하며 말하는 청진 도장을 보며 한숨을 쉰 무호성은 결국 승낙할 수밖에 없었다.

"대신 매일같이 무림맹에 출근하는 일은 없을 겁니다. 그러니 뭐라 하지는 마십시오."

"그거야 내 알 바 아닐세. 다른 사람들이 고생하겠지."

무호성은 미소를 지으며 고개를 끄덕였다.

*　　　*　　　*

따뜻한 햇살이 내리쬐는 날.

당천신과 요치우는 천룡장 한구석에서 한가로이 바둑을 두고 있었다.

"이 사람아, 자충수를 두었는가?"

딱!

당천신이 검은 돌을 재빨리 빈 곳에 때려 넣었다. 그러자 요치우의 표정이 딱딱하게 굳었다.

"허허, 자네, 바둑 실력이 많이 늘었구만?"

"사람은 끊임없이 발전하는 법이라네."

당천신의 히죽거리는 얼굴을 보며 요치우는 피식 웃음을 터뜨릴 수밖에 없었다.

"졌네!"

"그렇지!"

당천신이 어린애처럼 두 손을 번쩍 들고 기뻐했다.

"그나저나 벌써 넉 달이나 지났구만."

요치우의 중얼거림에 당천신이 슬쩍 손을 내리며 고개를 끄덕였다.

"시간 참 빠르구만."

"아직도 그때의 일이 생생하게 뇌리에 남아 있는데……."

요치우의 중얼거림에 당천신이 고개를 끄덕였다.

"그 흰 빛 때문에 제대로 보질 못했는데, 그게 천추의 한으로 남겠군. 어떻게 한 거지?"

"그거야 난들 알겠는가? 호성이 그 아이가 말하지 않는 이상에야."

"괘씸한 놈. 우리가 뭘 얼마나 뽑아 먹는다고 하는 소리가 그따위야? 잘 모르겠다고? 허! 참!"

"뭘 그렇게 열 내고 그러나? 자네는 그럼 늘그막이 얻은 심득을 알려달라고 하면 알려줄 건가?"

"그럼! 나 당천신 하면 대인배의 표상 아닌가?"

"잘났네. 그래서 바둑 지고 나면 며칠씩 꽁해 있는 겐가?"

"험! 험!

요치우의 핀잔에 당천신이 무안한 듯 헛기침을 했다.

"그나저나 이놈은 어딜 가서 코빼기도 안 보이는 거야?"

"동정호 갔다더군."

"뭐? 남궁가 여식이랑 같이?"

"그렇다네."

"이것들이 아주 봄바람만 살랑살랑 불어서는!"

"그게 아니라네."

"그게 아니면 뭐…… 아!"

뭔가 생각난 듯 당천신이 머리를 긁적였다.

"에이! 한판 더 하세!"

"됐네! 나도 졌으니 며칠 꽁해 있을 걸세!"

그렇게 말하며 요치우가 자리에서 일어났다.

맑은 하늘에 떠 있는 태양 빛은 동정호의 물결에 반사되어 아름다운 광경을 만들어내고 있었다.

그런 아름다운 물결 위에 한 척의 배가 둥실둥실 떠 있었다.

그 위에는 사공을 제외하고 두 사람이 타고 있었다.

남녀 한 쌍이었는데, 남자는 품에 단지 같은 것을 안고 있었다.

"늦어서 미안해. 좀 더 빨리 왔어야 하는데."

무호성이 단지 속에서 하얀 가루를 한 주먹 퍼서 동정호에 뿌렸다.

바람을 타고 동정호에 넓게 퍼진 하얀 가루는 이내 흔적도 없이 사라졌다.

"미안하다."

"오라버니……."

남궁소소가 그의 어깨를 다독였다.

"예전에 약속했었어. 함께 놀러 가기로. 동정호에 가고 싶다고 했거든. 그 약속을 이렇게 지키게 됐네."

무호성의 목소리에 쓸쓸함이 묻어났다.

그런 그에게 해줄 수 있는 말이 없어 남궁소소는 가슴이 아팠다.

무호성은 말없이 단지 속에서 금영령의 뼛가루를 동정호에 뿌렸다.

잠시 동안 뼛가루를 뿌리던 무호성이 손을 멈추고 하늘을 올려다보았다.

뭉게구름 몇 개가 맑은 하늘에 떠 있었다.

'행복하니? 늦어서 미안하다.'

무호성이 하늘을 올려다보며 속으로 중얼거렸다. 그러자

하늘나라에 있는 금영령의 목소리가 들리는 것 같았다.

"이번 한 번만 봐준다?"

그렇게 말하는 그녀는 환한 미소를 짓고 있었다.

『신권무쌍』 완결

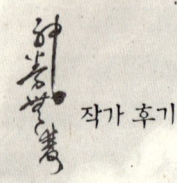 작가 후기

또 하나의 이야기가 끝났습니다.

신권무쌍은 굉장히 의욕이 앞섰던 글입니다.

전역을 하고 너무 쓰고 싶은 마음에 뒤도 보지 않고 썼던 글입니다. 그런 만큼 허점도 너무나 많았고, 그 결과가 여실히 드러난 글이기도 합니다.

항상 새로운 이야기를 시작할 때에는 그런 생각을 합니다.

'이 이야기가 세상에서 제일 재밌다!'

라는 말도 안 되는 생각이지요. 그리고 출간을 하고 연결권이 나오면서 그게 아니었다는 것을 깨닫습니다.

이번 신권무쌍도 그랬습니다.

하지만 그러면서도 항상 마지막에는 그런 생각을 합니다.

'차기작에는 진짜 재밌는 이야기를 쓸 테다!' 라고요.

이번에도 그렇습니다.

돌아보면 쓸쓸함이 가장 많이 느껴지는 이번 글을 마무리 짓고 저는 또다시 '세상에서 가장 재미있을 이야기'를 준비하려고 합니다.

단 한 가지 달라진 것이 있다면, 이번에는 뒤도 한 번 제대로 돌아보면서 쓸 생각입니다.

너무 앞만 보고 달려가면 탈이 난다는 것을 여실히 깨닫게 해 준 작품인만큼 평가는 박할지라도 저에게는 더할 나위 없이 소중한 작품인 것 같습니다.

언제가 될지는 모르겠습니다.

학업도 병행해야 하고 그런 만큼 비축분을 쌓아둔 상태에서 출간을 할 생각이니까요. 물론, 한 줄 한 줄 쓰면서 심사숙고도 해야 하기에 조금 늦어질 겁니다.

빠르면 올해 말, 늦어도 내년 초에는 차기작이 출간되지 않을까 합니다만 장담은 못하겠네요.

벌써 글을 쓰고 그것이 책으로 나오기 시작한 지 5년 째에 접어 들었습니다. 그만큼 저도 좀 더 책임감을 가지고, 좀 더 부담감을 가지고 써야겠다는 생각이 듭니다.

날이 많이 덥습니다.

건강 조심하시고 가내 두루 평안하시길 바랍니다.

무더운 여름날 창작공간에서
강태훈 올림.

Legend of Ice

빙륜의 귀공자

지흔 판타지 장편 소설

존귀한 출생. 신기한 능력. 천부적인 재질. 수려한 외모 모든 것을 두루 갖춘,
영웅이라 불리기에 손색이 없었던 남자 아르시엔
사람들을 구하기 위해 숭고한 희생을 했으나 이게 웬걸 눈을 뜨고 난 후의 세계는
너무나도 달라져 있었다.

32년이 지났다고?
소드 마스터가 뭐 하는 거냐고?

명함도 못 내밀게 강해져 버린 사람들. 자신이 없어도 너무나 잘 돌아가고 있는 조국.
오늘도 아르시엔은 다시 강해지기 위해 발버둥을 치지만 그저 피곤할 뿐이다……

**자신의 위치를 되찾기 위한,
전직 영웅의 힘겨운 사투가 시작된다!**

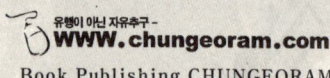

유행이 아닌 자유추구 –
WWW.chungeoram.com
Book Publishing CHUNGEORAM

꿈꾸지 않는 자가 시간을 지배한다!

단 한 시간도 잠을 잘 수 없는 희귀 신체 진원.
가난과 천애고아란 이유로 사랑하는 연인을 잃어야만 했다.
그가 실낱같은 희망을 위해 선택한 길은 가상현실 게임 차원의 틈새.
그리고 지독한 퀘스트 끝에 얻게 된 직업 그림자 여우.

사랑하지만 떠나보낼 수밖에 없었던 연인을 되찾기 위한
꿈꾸지 않는 독종의 처절한 노력이 펼쳐진다!

저작권 보호!!
장르문학의 성장에 힘이 되어주십시오.

저작물의 무단 전재와 복제, 불법 다운로드!
이것은 관심이 아니라 무관심입니다!

작가님들은 창의적 열정과 시간을 투자해 자신의 꿈과 생계를 유지합니다.
한 권의 책을 만들어 많은 사람들은 자신의 인생과 미래를 설계합니다.

저작물 속에는 여러 사람의 노력과 희망이
담겨 있습니다!

저작물의 무단 전재와 복제, 불법 다운로드는 여러 사람들의 꿈과 생계를
위협함으로써 장르문학을 심각한 상황에 빠뜨리고 있습니다.

이제는 무관심이 아니라 관심으로 장르문학의
성장에 힘이 되어주세요.

[도서출판 **청어람**은 항시적인 저작권 보호를 통해 장르문학과
여러분의 희망을 지키겠습니다.]

도서출판 청어람

기적
Miracle

홀로선별 퓨전 판타지 소설

무공을 익힐 수 없는 비운의 천재 제갈수.
공작가의 망나니 공자 슈.

운명을 벗어나려는 제갈수의 노력은 망나니 공자의 죽음과 만나 비상한다.

제갈수의 영혼과 슈의 신체를 이어받은 새로운 슈 부르셀라 폰 레비안또 가누비엔
그것은 하나의 위대한 기적!

홀로선별 퓨전 판타지의 신기원!
『기적!』

따뜻한 그의 이야기가 지금 시작된다.

유행이 아닌 자유추구 -
WWW.chungeoram.com
Book Publishing CHUNGEORAM

KARMA MASTER 카르마 마스터

이상혁 게임 판타지 소설

살아 있다는 것이 무엇인가?

살아 있는 것과 살아 있지 않은 것. 자극을 받는 것과 받지 않는 것.
자극을 받는 그 무엇. 즉, 자아(自我).

형이 개발한 게임, 샹그릴라에서 만난 소녀. 사고로 깊은 잠에 빠진 형을 알고 있는 그녀로
인해 한규의 게임 인생이 180도 뒤바뀐다!

"한규, 티아메트 만나."

이상혁 작가의 새로운 도전! 〈카르마 마스터〉
샹그릴라를 둘러싼 비밀까지 한큐로 날려 버린다!

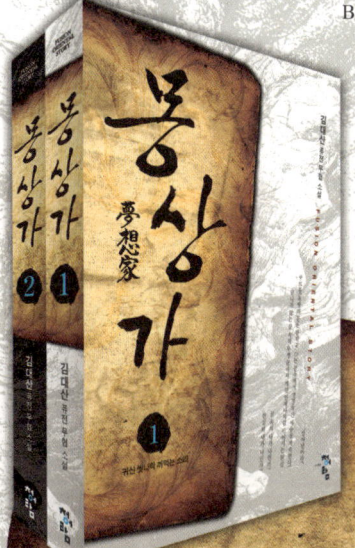